L'AMOUREUSE

De la même auteure

Romans

Une présence incertaine, Thélès, 2005.

La Dame de ses pensées, Ramsay, 2008 ; rééd. Milady, « Littérature », 2016, sous le titre *Chère Alice*.

Lame de fond, Albin Michel, 2012, prix Charles Oulmont de la Fondation de France ; rééd. Éditions VDB, 2012 ; rééd. Milady, « Littérature », 2015.

Savannah Dream, Albin Michel, 2013 ; rééd. Milady, « Littérature », 2016.

Zeina, Bacha Posh, Éditions du Rocher, 2015.

La Loi du père, Éditions du Cerf, 2019.

Nouvelles

Des échappées belles, Le Cercle, 2006 ; rééd. « Le Cercle Poche », 2007.

Un baiser, Swarovski, 2007.

Essais

Etty Hillesum, une voix dans la nuit, Robert Laffont, 2010 ; « Texto », 2019.

Camille Laurens, ouvr. coll., Léo Scheer, « Écrivains d'aujourd'hui », 2011.

Et que le désir soit, avec Joël Schmidt, Desclée de Brouwer, « Littérature ouverte », 2011.

(Suite à la page 285)

Cécilia Dutter

L'AMOUREUSE

Le roman de Marie-Madeleine

Tallandier

48, rue du Faubourg-Montmartre – 75009 Paris
www.tallandier.com

À Judith, ma fille cadette,
jeune et intrépide combattante du juste,
qui porte si bien son nom,
en hommage à l'amour et à la foi qui nous lient.

« S'il y a un amour pur et exempt du mélange de nos autres passions, c'est celui qui est caché au fond du cœur, et que nous ignorons nous-mêmes. »

François de La Rochefoucauld,
Réflexions ou Sentences et Maximes morales

IGNORANCE

I

Demain, à l'aube, elle partira.

L'idée lui trotte dans la tête depuis des mois. Longtemps, elle l'a effleurée comme un rêve impossible mais compensatoire. Quand elle suffoque dans la vie étriquée où s'épanouit Marthe, son aînée si sage, parfaite et dévouée, quand les reproches acides de sa sœur lui cinglent les oreilles – « Tu n'es qu'une bonne à rien, une ingrate, une enfant gâtée » –, quand autour d'elle tout lui semble triste et désolé, elle laisse aller son imagination loin, très loin de Béthanie, petite bourgade sans charme où elle a grandi.

Sur la route qui va de Jéricho à Jérusalem, l'endroit, situé sur le versant est du mont des Oliviers qui surplombe la cité, n'est qu'une simple halte avant le plongeon dans le grouillement urbain. En sens inverse, lorsque le voyageur quitte la ville sainte, Béthanie est le premier et le dernier village où il peut s'approvisionner. Au-delà de ce point de passage, le désert judéen s'étire sur des kilomètres, repaire des brigands cachés dans les massifs montagneux qui détroussent sans vergogne ceux qui s'aventurent sur ces terres arides. C'est aussi le refuge des ermites, fous de Dieu et de solitude, terrés dans des grottes que le vent et les pluies d'hiver ont creusées de part et d'autre du Wadi Qelt, ce canyon rocheux où s'évacuent les eaux providentielles.

Marthe n'a pas tout à fait tort de tancer sa cadette. Marie ne devrait pas se plaindre car elle est très privilégiée. Le destin ne l'a-t-il pas fait naître dans un foyer aisé ? A-t-elle jamais manqué de rien ? Au contraire de l'immense majorité des villageois qui se contentent d'un gros cube de terre blanchi à la chaux en guise d'habitation, pièce unique sans fenêtres où s'orchestre le quotidien de la famille dans une promiscuité des plus insalubres, elle a la chance d'habiter une belle maison en briques du pays, fabriquées avec de l'argile et de la paille puis cuites au four.

De part et d'autre de la cour centrale, où une citerne sert aux ablutions rituelles, se répartissent les chambres. Marthe et Marie en partagent une. Leur frère, Lazare, dort dans celle contiguë. Les parents ont également la leur. L'intérieur, plutôt sombre en raison de l'absence de fenêtres, est éclairé par des chandeliers et la lampe à huile, qui reste allumée en permanence. À l'étage, on a aménagé une terrasse au toit de branchages comme il est de coutume dans ce pays torride, pour profiter d'une pièce supplémentaire protégée du soleil. Lors des grands dîners de fête, l'on se réunit dans cette

« chambre haute » entre proches et amis. Chacun peut aussi s'y retirer dans la journée pour se reposer, prier ou méditer.

Issue de l'union de Syrus le Yaïrite, l'archiprêtre de David, et d'une mère descendant de la lignée royale d'Israël, mais non davidique, Marie appartient à une famille de l'aristocratie sacerdotale. Cependant, ne résidant pas à Jérusalem, elle n'a pas l'habitude de fréquenter ses pairs qui vivent en cercle fermé. Aucune commune mesure entre sa maison et les somptueuses demeures en pierre calcaire devant lesquelles elle s'extasie lorsqu'elle se rend dans la ville sainte pour le traditionnel pèlerinage de Pessah. Sur les hauteurs, dans les beaux quartiers du mont Sion, ces palais rivalisent de magnificence. Ceux des grands prêtres qui officient au Temple et, surtout, ceux des riches patriciens romains. On lui a raconté que derrière leurs hauts murs d'enceinte, des cours intérieures entourées de portiques abritaient des bassins où l'on pouvait se baigner. Que les propriétaires nantis se prélassaient à l'ombre d'authentiques jardins d'éden. Qu'à la nuit tombée, on leur servait des mets raffinés arrosés de vins capiteux. Qu'ils chantaient, dansaient et s'aimaient jusqu'au petit matin… La belle vie ! La vraie, la seule digne de ce nom, songe la jeune fille dont le quotidien n'est qu'ennui.

Souvent, pour échapper à l'oisiveté des journées qui s'égrènent dans une monotonie mortifère, elle monte sur le toit terrasse de la maison familiale, son royaume. Dans la torpeur de l'après-midi, alanguie sur une paillasse, elle s'invente une autre histoire au sein d'une de ces demeures au luxe tapageur. Une existence d'abondance, de gaieté et de volupté dont elle serait l'héroïne. Entre veille et sommeil, son esprit digresse, façonne des scénarios, élucubre mille intrigues romantiques, impatient de connaître le grand frisson sentimental. Pour cette adolescente pleine d'ardeur, l'amour est synonyme de passion. Or, elle désespère de rencontrer celui qui enflammera son cœur dans ce bourg perdu qu'est Béthanie…

Ce n'est pourtant pas faute de prétendants. Tous les garçons du village rêvent de serrer Marie dans leurs bras. Transportés par sa chevelure fauve et sa peau laiteuse qu'elle prend soin de ne jamais exposer au soleil pour lui garder cette transparence si peu commune en ces contrées, ils n'ont d'yeux que pour elle. Il faut dire qu'elle ne passe pas inaperçue avec ses tuniques chatoyantes. Un cordon de lin souligne sa taille de guêpe. Devant ses pieds de fée glissés dans de fines sandales en cuir, l'imaginaire masculin s'emballe quand par bonheur le vent souffle fort et dévoile le début de sa cheville. Provocante, elle aime soutenir le regard des hommes qui la toisent. Elle se rit d'eux et jouit de l'émoi qu'elle suscite en jouant d'une gracilité juvénile qui tranche avec le chaloupé aguicheur maintes fois travaillé dans le secret de sa chambre pour mieux qu'on la remarque.

Lorsqu'elle traverse le village en se déhanchant comme une danseuse orientale, les conversations s'interrompent. C'est comme si tout se figeait autour d'elle. Défiant la Loi de Moïse et les bonnes mœurs, les garçons s'attardent longuement sur sa silhouette pleine de promesses.

Elle vient tout juste de fêter ses treize ans. Quel autre destin pour une jeune Juive pubère que de passer des bras d'un père à ceux d'un mari ? Son sort est scellé, d'autant que sa beauté du diable attire toutes les convoitises. À coup sûr, le choix paternel se portera sur le plus offrant.

Après le mariage, elle ne sait que trop bien ce qui l'attend : la soumission à l'autorité de l'époux, l'accomplissement dans la maternité – donner au mâle une descendance, la plus nombreuse possible pour le rendre fier, perpétuer la race et répondre ainsi aux préceptes religieux –, ne sortir qu'en couvrant sa chevelure, ne plus adresser la parole à quiconque à l'extérieur, accepter la prison de la domesticité.

Ses amies du même âge ne voient là rien à redire. Chacune attend sagement son heure, bienheureuse que, chez les Juifs, les hommes aient peu de goût pour la polygamie. Elles aiment l'idée d'être l'élue d'un mari et maître. Leur seule hantise est la stérilité. Si le couple ne donne naissance à aucun enfant, la faute leur en sera imputée. Quoi de pire que de subir l'affront d'une répudiation ?

Marie rejette en bloc cette trajectoire déjà tracée. Quand on a tous les hommes à ses pieds, pourquoi se contenter d'un seul ? Quand on a le monde entier à sa portée, comment accepter d'être recluse au foyer ?

En tant que fille, elle a reçu une éducation religieuse très sommaire. À l'inverse de son père et de son frère, elle a peu fréquenté le Temple de Jérusalem. Les rares fois où on l'y a menée, elle est restée dans la cour réservée aux femmes, séparée par un haut mur de celle des hommes. Elle ne se rend presque jamais à la synagogue, cette maison d'assemblée, prolongement du Temple dans les villages, où l'on médite et l'on prie. Porter des phylactères et des franges au manteau, réciter la prière du *Chema Israël* matin et soir, assister à la lecture de la Loi, écouter le son du schofar lors de la fête de Roch Hachana, ces obligations et bien d'autres encore sont strictement masculines. On lui a dit : *Dieu est Celui qui est.* Elle n'en demande pas davantage. L'Éternel appartient au monde fermé des hommes et ne la concerne que de loin.

Par sa naissance, elle se sait appartenir à une élite sociale. Son physique de déesse ne lui offre-t-il pas une preuve supplémentaire qu'elle fait partie des êtres d'exception ? Pourquoi continuer de végéter à Béthanie ? Elle ne veut pas se lier pour toujours à un homme et se rebelle contre cette destinée qu'on lui tend en modèle.

Elle a entendu parler d'un endroit en Galilée où tout est différent. Le lac de Tibériade, ce nom sonne comme un appel. Là-bas vivent des païens qui ne croient qu'en eux-mêmes. Ils n'ont d'autre loi que leurs désirs. Elle voudrait les rejoindre pour goûter à cette existence légère et ne plus avoir de comptes à rendre à personne.

Dans son cœur, le mot *liberté* s'imprime en lettres de feu. Il est sa boussole. Le sang qui bouillonne dans ses veines aspire à rencontrer cet autre grand flux de la vraie vie qui se déploie derrière les portes de Béthanie. Une seule certitude : elle fera de la sienne une œuvre d'art.

C'est décidé. Demain, à l'aube, elle partira.

II

Sur sa fugue, elle garde le mystère. De ce petit matin où, profitant du sommeil de la maisonnée, elle est partie sans se retourner à la conquête d'elle-même et de sa nouvelle vie, elle ne dit mot. De cette épopée qui l'a menée de Judée en Galilée par la *via romana*, de ces dix jours de marche, d'errance et de solitude sur les routes caillouteuses et desséchées de Samarie, de la faim et de la soif qui l'ont tenaillée avant qu'elle ne longe les rives plus accueillantes du Jourdain, de la peur d'être agressée, de la ruse déployée pour échapper aux rencontres de mauvaise fortune, du courage qu'il lui a fallu pour avancer vers ce destin qu'elle dessinait pas à pas, elle ne consent à lâcher que quelques bribes d'informations à l'amant d'un soir lorsqu'ils ont beaucoup bu et se sont longuement épuisés dans le plaisir. Oui, parfois, à la faveur de la tristesse post-coïtale qui l'envahit quand elle s'est donnée à un homme – toujours différent mais invariablement aimé dans un même élan et une même force, de tout son corps et de toute son âme, avec cette naïveté et cette générosité qui la caractérisent –, elle laisse échapper un souvenir, confidence murmurée, perdue, tandis qu'il sombre dans la léthargie.

S'il l'avait écoutée, il aurait appris qu'un jour, quelques années auparavant, elle avait atteint Magdala sur la rive ouest du lac de Tibériade. La ville, prospère grâce aux nombreuses conserveries de poisson, ses fabriques de barques, ses commerces et ses rues animées, son port et son immense digue ainsi que l'allégresse et l'insouciance qui régnaient dans l'air l'avaient immédiatement séduite. Une clientèle raffinée fréquentait les lieux. Celle des somptueuses villas patriciennes qui bordaient le rivage. Marie avait trouvé ce qu'elle était venue chercher. C'était là, à deux pas de Tibériade, la capitale de Galilée qu'Hérode Antipas avait fait construire, que tout se passait. L'endroit exact où il fallait qu'elle soit.

En digne fils d'Hérode le Grand, le jeune tétrarque, gouverneur de cette province et de la Pérée, voulait marquer son règne de ses réalisations. Son père n'avait pas été intronisé face à son peuple mais à Rome devant le Sénat. Dès son retour au pays, le roi de Judée s'était lancé dans une politique de romanisation du territoire. Il avait ainsi créée la ville de Césarée, en référence à César, en tous points comparable à une ville romaine, et restauré la forteresse de Massada, située près de la mer Morte, pour en faire un authentique palais patricien. Cependant, il avait eu l'intelligence de ne pas trop toucher à la pieuse Jérusalem. S'il y fit construire un majestueux palais le long du mur nord-ouest de la ville haute et la forteresse d'Antonia permettant d'accueillir la caserne de la garnison romaine, pour acheter la paix sociale auprès des Juifs traditionalistes, il lança le chantier grandiose de reconstruction du Temple de Salomon détruit lors de la prise de la ville par les Babyloniens plus de cinq cents ans auparavant.

Hérode Antipas souhaitait lui aussi être un grand bâtisseur. Après avoir restauré la ville de Sepphoris, détruite par les insurgés à la mort de son père, dont il fit sa première capitale, il projeta de construire sa propre cité. Organisée et équipée comme une cité romaine avec un palais royal, un stade et un forum, c'est là qu'il installerait son pouvoir royal. Toutefois, il avait eu toutes les peines à peupler cette ville bâtie de façon sacrilège sur un ancien cimetière. Vie et mort étant hermétiquement séparées chez les Juifs, les plus radicaux d'entre eux refusèrent d'y résider sous peine d'être impurs.

Le règne d'Hérode Antipas était foncièrement profane. Si les Juifs avaient été tant soit peu intéressés par la gloire mondaine, ils auraient salué cette création urbaine vouée à devenir un centre de marque, mais les travaux somptuaires que sa construction avait nécessités leur paraissaient vains. À leurs yeux, cette ville n'était qu'une œuvre égoïste, construite à la propre gloire d'Hérode, même si ce dernier lui avait habilement donné le nom de Tibériade, en hommage à l'empereur romain. En outre, ces nouveaux aménagements se faisaient sur le dos du peuple, accablé d'impôts.

Qu'à cela ne tienne, pour la remplir d'habitants, le tétrarque avait contraint les étrangers et les pauvres à y émigrer, et même libéré des esclaves à cette fin puis, peu à peu, grâce au centre de formation rabbinique et au sanctuaire pour la prière qu'il avait eu la bonne idée d'installer pour faire taire les plaintes des piétistes, les Juifs avaient fini par y venir, côtoyant les païens attirés par les sources chaudes de Hamat Gader à proximité et la cohorte des courtisans royaux.

Situé à six kilomètres au nord de Tibériade, Magdala était le lieu de villégiature privilégié de ces aristocrates. Ils s'y reposaient des intrigues du pouvoir. Le sang que beaucoup d'entre eux avaient sur les mains se diluait dans les eaux placides et cristallines du lac qu'on appelait avec emphase « la mer de Galilée » tant ses vingt et un kilomètres de long paraissaient vastes. Traversé par celles du Jourdain qui continuaient ensuite leur route jusqu'à la mer Morte et bordé par les monts de Galilée à l'ouest ainsi que les falaises du plateau du Golan à l'est, le lac resplendissait tel un joyau dans un écrin. Par temps clair, de ses berges, on pouvait même apercevoir les hauteurs du mont Safed et les sommets enneigés de l'Hermon, ce qui rendait le cadre encore plus idyllique.

Le climat, très chaud en été et assez doux en hiver, favorisait une végétation luxuriante qui puisait dans la terre noire basaltique incroyablement féconde tous les nutriments dont elle avait besoin. Les rives regorgeaient de palmiers dattiers, de citronniers, d'orangers… Partout où l'œil se posait, un festival de couleurs le ravissait :

nuées mauves et fuchsia des bougainvilliers, pluie dorée des mimosas, grappes carmin des flamboyants, vert profond des cyprès, jade des oliviers… Comme les aristocrates hérodiens, Marie semblait avoir trouvé là son éden.

Le tétrarque, dans l'entourage duquel cette élite vivait, avait retenu la leçon politique de son père. Copiant sa diplomatie, il avait laissé ses prérogatives au Sanhédrin, cette assemblée suprême politique, religieuse et judiciaire juive composée de soixante et onze sages, regroupés en trois collèges : les grands prêtres sadducéens attachés au pouvoir hérodien de par les privilèges qu'il leur accordait ; les scribes ou docteurs de la Loi, majoritairement pharisiens ; et, enfin, les Anciens, notables les plus fortunés et influents de la communauté. Ainsi, Hérode Antipas feignait de ne pas s'immiscer dans les affaires du peuple tout en occupant son territoire. Il n'avait que faire des Lois rabbiniques et n'entendait rien à leurs impératifs moraux exigeants. La façon dont on vivait à la cour était aux antipodes de leurs préceptes rigoristes.

Le cercle aristocratique se réclamait plus volontiers du monde gréco-latin que du monde juif. Romain par son armée et son administration, il était grec par sa culture et sa philosophie. L'hellénisme justifiait toutes ses intempérances. Un vent de liberté soufflait sur la cour où se pratiquaient les mœurs les plus dissolues.

Les esprits se trouvaient fortement marqués par l'hédonisme théorisé par Aristippe de Cyrène qui, dans sa forme primitive, prônait la recherche effrénée du plaisir ainsi que l'évitement de la souffrance comme but de l'existence humaine et, dans une moindre mesure, par l'eudémonisme d'Épicure et des stoïciens, doctrine plus modérée considérant le bonheur comme finalité de la vie mais dans laquelle les plaisirs, lorsqu'ils sont naturels et nécessaires, n'apparaissent que comme des moyens de l'atteindre.

L'entourage hérodien s'avérait aussi très imprégné de la métaphysique platonicienne, amoureuse de la Beauté, conçue comme une voie d'accès directe à la sagesse. Platon distinguait, en effet, le corps périssable de l'âme immortelle, susceptible de se réincarner à plusieurs reprises. Le philosophe postulait que l'âme avait connu les vérités éternelles (*Eidê*), les Idées, lorsque, affranchie de toute enveloppe corporelle, elle séjournait dans le monde invisible. Réincarnée, elle en conservait de pâles souvenirs qu'il s'agissait pour l'homme, par une attention active à soi-même et à ce qui l'entoure, de faire remonter à la surface afin de toucher du doigt cette réalité vraie, permanente et immuable constituée de tous les modèles uniques et parfaits dont les multiples copies du monde sensible n'étaient que le reflet imparfait. Il invitait à la contemplation de la Beauté afin d'actionner ce phénomène de réminiscence, l'Idée de beauté étant, selon lui, celle qui se manifestait de la façon la plus magistrale dans le monde intelligible, donc la plus profondément ancrée dans l'âme humaine. Il valorisait le corps et tout particulièrement la perception visuelle, en tant qu'outil permettant d'accéder à la connaissance des Idées.

Il conseillait de s'adonner à l'amour et à la contemplation de corps jeunes et beaux.

De même, le relativisme des sophistes comme Protagoras et Gorgias, qui niaient la construction de systèmes cosmogoniques expliquant l'univers et pensaient que l'homme était la mesure de toute chose, ne pouvait que séduire cette élite centrée sur elle-même et ses plaisirs, à mille lieues des commandements rigides du Dieu des Juifs.

À treize ans, comment Marie aurait-elle pu saisir ces subtilités philosophiques ? À son arrivée, elle n'a compris qu'une chose : ici, les gens vivaient d'une façon tout autre qu'à Béthanie. Ils étaient libres de s'exprimer, de circuler, de manger, d'agir, de séduire sans craindre d'être jugés à l'aune des directives religieuses. Le corps pouvait s'exhiber. On avait le droit de l'admirer et de lui rendre hommage. De l'offrir à qui souhaitait le flatter. Le désir était roi. Un seul péché : ne pas l'écouter.

III

À Magdala, enfin, Marie respire ! Éblouie par la liberté de mœurs qui y règne, elle a tôt fait de rejoindre le cercle des aristocrates qu'elle rêvait de fréquenter. Sa jeunesse et sa splendeur lui ouvrent toutes les portes. Pleine de fraîcheur et de candeur, la jeune fille semble tombée du ciel aux seules fins de venir égayer, telle une cerise sur le gâteau, l'existence de ces privilégiés entièrement vouée à l'agrément. Sans qu'elle ait à s'en expliquer, chacun se doute qu'elle a quitté son village pour mener grande vie et les hommes se pressent autour d'elle pour lui servir de guide. Ils se font fort de la mener, disent-ils, sur le chemin du bonheur parfait dont le point d'orgue est le contentement de la chair.

Tout à sa joie, elle ne perçoit nullement le caractère insidieux de cette philosophie singulière centrée sur le plaisir, ni n'évalue les périlleuses implications de la démesure. La débauche s'illustre avec tant d'éclat et d'apparente gaieté chez celles et ceux qui tour à tour l'invitent à séjourner dans leurs splendides villas qu'elle se laisse porter et gagner par l'esprit de fête qui anime leur vie. Marie, si éprise de liberté, si volontaire et rebelle, si avide de nouvelles expériences, est aux anges.

Un temps, elle observe. Intelligente, elle comprend comment tourne ce petit monde aristocratique : sur lui-même. Alors, tranquillement, elle décide qu'elle deviendra le centre de sa rotation. Loin de la soumission à la loi du père qu'elle a connue à Béthanie, elle découvre la domination que sa jeunesse et sa beauté lui confèrent sur les hommes. Elle sera l'impératrice de la gent masculine. Affranchie des conventions et maîtresse de son destin, elle veut aimer et être aimée passionnément. Connaître cet élan irrépressible, souverain, qui la fera se sentir intensément vivante.

L'ivresse implique le débridement du corps. À Magdala ne s'exerce aucune contrainte morale. Il est interdit d'interdire. Oubliés, le Dieu d'Abraham et son cortège de contritions. Le plaisir remplace la prière. Il est la voie d'accès royale au divin, perçu comme un sommet réservé aux esthètes.

Comment la jeune femme pourrait-elle résister à cette rhétorique qui se répand en elle tel un sirop salvateur ? Ainsi débute sa carrière de courtisane, avec cette certitude que le chemin emprunté est celui qui la mènera à sa libération.

Dorénavant, elle est libre, en effet, de choisir parmi la meute des loups affamés celui qui viendra manger dans sa main un morceau de sa propre chair. Cette chair qu'elle donne en pâture à ceux qui gagnent ses faveurs en lui offrant le gîte et le couvert dans leurs palais mais aussi les magnifiques tuniques dont elle a toujours rêvé, des bijoux de grand prix qui rassurent son ego – elle vaut de l'or ! – et tant d'autres présents. A-t-elle conscience, la belle hétaïre, qu'en les acceptant, elle est en train de se vendre ?

Les hommes qui la côtoient ont l'air si gentils et prévenants à son égard, comment ne pas les suivre ? Plus âgés, ses prétendants sont aussi plus avisés qu'elle. Ils savent que derrière la femme fatale se cache une femme-enfant. Les cadeaux ne sont qu'un préalable. Une preuve d'allégeance à sa beauté. Pour avoir droit au corps, il leur faut leurrer le cœur. Or, celui de Marie est si vaste qu'il accueillerait la terre entière, toujours sûr d'abriter le meilleur de l'être humain quand se présente souvent le pire.

Au début, elle croit dur comme fer les mensonges des beaux parleurs, bonimenteurs de génie rompus au jeu de l'amour et de l'heureux hasard qui place cette jolie fille sur leur route. Ils usent des mots clés et Marie, convaincue d'être aimée, leur ouvre grand la porte de son ciel. Avec ferveur, elle donne sans compter ce qu'ils attendent – son corps, qu'ils prennent aussitôt d'assaut – mais surtout ce trésor intérieur dont ils n'imaginaient pas même l'existence, puits sans fond de bonté, de clémence et de tendresse auquel ils s'abreuvent abondamment, avant d'aller étancher leur soif ailleurs sans un mot d'adieu. Chaque nouvelle rencontre apporte la même cruelle déception : aucun homme ne s'attarde plus de quelques jours ou quelques semaines auprès d'elle. Qu'importe, elle poursuit sa quête. Comme le cœur, l'espoir n'a point de limites.

Cependant, peu à peu, elle apprend à reconnaître le vrai du faux. Il arrive qu'un amant soit honnête et n'ait pas recours à la manipulation. Elle ne peut s'y méprendre : coïncidant avec ses actes, ses mots étincellent de sincérité. Véritablement épris de la jeunc fille, il l'aime avec passion et elle vibre de recevoir un peu de cette douceur qu'elle a déversée jusqu'à présent sans retour. Réconforté, le corps de Marie cesse d'être un morceau de chair livré aux appétits voraces. Il s'éveille et s'épanouit. L'amant prend le temps de contempler et de flatter ses formes. Sa main s'attarde sur la courbe des reins, la rondeur des seins, effleure ses tétons raidis, puis s'enhardit à descendre vers le bas-ventre, demeurant longtemps à la lisière de contrées aventureuses avant d'oser les explorer. Cette terre intime, découverte à deux, s'ouvre sous la caresse, invitant l'élu à la conquérir sans précipitation quand tous les autres avant lui l'avaient assaillie. Fort de l'autorisation de la jeune fille, lorsqu'il s'immisce puissamment en elle, pour la première fois, elle goûte l'onde majestueuse qui monte crescendo des profondeurs de son être et l'envahit de part en part.

Hélas, l'amour humain, *a fortiori* la passion, s'avère fragile, aléatoire, imparfait. Inexorablement, il fuit quand on croit le tenir. Ou pire, il s'altère et s'appauvrit. Après l'envol des ébats, les amants retombent lourdement au sol, affligés par le poids de la matière. Les corps et les âmes réintègrent leur individualité respective. Non plus une mais deux identités. Séparées. Ils font l'amer constat d'une illusion, intensément vécue mais à jamais perdue. Alors vient l'heure de se quitter.

Marie peine à s'y résoudre. Elle court vainement après celui qui s'en va, cherchant à comprendre ce qui résiste à l'entendement : pourquoi ce qui était n'est plus ? Elle ne sait comment survivre à la solitude abyssale dans laquelle la plonge le manque de l'autre. Comment combler le vide que chaque expérience creuse un peu plus en elle ? Pour répondre à ces questions, elle tente sa chance ailleurs, dans d'autres lits. S'enivre d'odeurs, de saveurs, de perceptions nouvelles. Libertine, elle multiplie les expériences. Le plaisir, désormais apprivoisé, devient l'objet de sa quête. Experte et prodigue, elle le dispense sans compter et son corps reçoit sa juste rétribution en retour. La source du désir qui jaillit en elle jamais ne se tarit. Pour complaire à l'amant, elle se fait rivière, torrent, fleuve aux flots tumultueux. Elle est ainsi faite, Marie, qu'elle déborde. Verseau légendaire, la belle porteuse d'eau déverse inlassablement sur l'élu son amphore ruisselante de bienfaits.

Comme elle paraît loin, la petite Marie de Béthanie débarquée de sa Judée natale… À présent, elle est « Marie la Magdaléenne », Marie-Madeleine, pour les intimes. Les hommes se pavanent à son bras et plastronnent, heureux d'épater la galerie. Fière de leur fierté de mâle, elle n'est plus jeune fille mais femme. Et quelle femme ! Sa renommée est si fameuse qu'Hérode Antipas, curieux de la connaître, l'invite à la cour dont elle devient une habituée. En quelques mois, elle a gagné son pari : dans toute la ville, on ne parle plus que d'elle.

IV

Bientôt dix ans qu'elle mène cette existence fastueuse et luxurieuse dont elle commence à se lasser. Pourtant, comment renoncer à l'opulence et au raffinement dans lesquels elle baigne à Magdala ? Les palais qui l'accueillent renferment tant de trésors : mobilier en bronze composé de sièges et lits aux balustres sculptés de têtes d'animaux réels ou fantastiques, tables de citre hors de prix, candélabres ciselés de motifs inépuisables, mosaïques au sol et sur les murs mais aussi statuettes, coussins, draperies, vaisselle fine…

Quant à ses effets personnels, ses coffres regorgent de tenues vestimentaires. Une séductrice de son rang se doit de créer sans cesse la surprise. Chaque jour, et même plusieurs fois dans la journée au gré du temps et de sa fantaisie, elle change d'habits. Elle possède des dizaines de tuniques et de longs manteaux ceinturés qui en composent les éléments de base. Sa préférée ? Celle de couleur pourpre au diapason de sa chevelure fauve.

Symbole de puissance et de royauté, elle la réserve aux amants de marque et aux grands soirs.

Des bagues serties de pierres précieuses – émeraude, topaze, saphir, améthyste, opale, chrysolite, diamant – ornent ses doigts. Tels des trophées, elle exhibe ces présents offerts en rétribution des bienfaits prodigués à l'un ou l'autre de ses prétendants. Lorsque son geste, rythmant sa parole, s'envole dans les airs l'espace d'un instant, c'est tout l'arc-en-ciel qui scintille au bout de sa main tandis que s'entrechoquent à ses poignets des ribambelles de joncs accordés aux anneaux d'or de ses oreilles.

Comment se passer des parfums et des onguents qu'elle s'applique sur la peau au sortir du bain ? Du khôl et des fards pilés avec minutie dans un bol avant de les étaler sur ses yeux face au miroir de bronze poli ? Pour rien au monde elle ne se séparerait de ses fioles, des pots en ivoire conservant ses cosmétiques : huile d'olive destinée aux massages, pommade au miel, baume à la cardamone, essence de myrrhe, de bois d'aloès ou de jasmin, autant d'extraits de plantes, poussant dans la vallée du Jourdain ou importées d'Arabie du Sud, d'Inde et d'ailleurs *via* la route de l'encens, qui valent une petite fortune. Dans le secret de son boudoir, elle les mélange pour créer un élixir à la fragrance unique et entêtante. Ce parfum si singulier à base d'agrumes, de fleurs, d'épices et de musc, savant dosage entre notes de tête, de cœur et de fond, est la marque qu'elle laisse dans son sillage.

À la cour d'Hérode Antipas, depuis longtemps, elle fait partie du premier cercle. Son amie Jeanne, la femme de Chouza, l'intentant du tétrarque, chez qui Marie-Madeleine demeure quand elle se rend à Tibériade, lui en a appris tous les codes : comment plaire à chacun, flatter les ego, feindre d'ignorer les intrigues qui se trament dans l'ombre – n'avoir rien vu, rien entendu, telle est la devise pour ne pas risquer sa peau – et, surtout, éviter de s'attirer les foudres d'Hérodiade, l'ancienne belle-sœur d'Hérode Antipas, devenue son épouse après qu'il l'a volée à son demi-frère, Philippe, fils d'Hérode le Grand et de Mariamne. Déshérité par son père, ce dernier n'a pu garder sa femme. Pleine d'ambition, elle n'a pas hésité à quitter ce mari désormais sans titre et sans argent pour suivre Hérode Antipas. En échange, elle a imposé qu'il répudie sur-le-champ sa femme, Phasaélis, ce qu'il a volontiers accepté pour gagner ses faveurs. Par chance, l'épouse déchue a eu vent de l'affaire et aussitôt pris la fuite pour se réfugier dans le royaume d'Arétas, son père, dont la capitale est Pétra.

Si, au vu des mœurs libérales de la cour, personne ne trouve rien à redire à cette seconde union hors norme, il n'en est pas de même dans le monde juif, où elle est considérée comme hautement sacrilège car adultérine. Or, parmi les plus fervents détracteurs de ce mariage, un certain Jean, dit le Baptiste, fait beaucoup parler de lui depuis quelque temps. Après s'être retiré durant plusieurs mois dans le désert pour y mener une vie ascétique, cet étrange ermite s'est soudain découvert une vocation prophétique. Quittant la solitude et le silence où il était reclus, il a rejoint les rives du Jourdain pour venir y prêcher. Son charisme déplace les foules. Paysans, pêcheurs, artisans mais aussi soldats d'Hérode, douaniers, collecteurs d'impôts se pressent pour écouter les impérieuses exhortations de cet homme hirsute, vêtu d'une tunique en poil de chameau ceinte par un lien de cuir.

Marie-Madeleine imagine ces scènes pour le moins insolites et s'en amuse. Toutefois, compte tenu du succès grandissant rencontré par Jean, elle prête attention à ses propos. On lui relate qu'avec une violence inouïe, il vilipende ses coreligionnaires. Croient-ils, ces hypocrites, qu'en s'abritant derrière la stricte observance des pratiques rituelles ils seront protégés du Jugement dernier ? Inutile de mentir, leur assène-t-il, Dieu est à même de sonder le fond de leur cœur. Loin de leurs singeries idolâtres, c'est de leur capacité à se repentir de leurs péchés, à mener une vie droite et tournée vers les autres que dépendra leur salut. L'homme les appelle à une véritable révolution personnelle.

Cela fait des années que la jeune femme n'a plus entendu parler de Dieu. Contre toute attente, les mots du Baptiste l'interpellent. Elle écoute ce qui se dit sur lui à la cour. On lui rapporte que, suspendus à ses lèvres, beaucoup de ceux qui l'entendent prennent conscience qu'ils font fausse route. Ils comprennent que respecter le rite à la lettre n'a aucun sens si la foi n'est pas vécue de l'intérieur. Lorsque leur repentir est sincère, Jean leur administre un curieux baptême d'eau dans le fleuve.

Ce rite purificateur, totalement inédit dans le judaïsme, symbolise à ses yeux la séparation entre le bien et le mal et consacre la renaissance de celui qui le reçoit.

La portée des discours de ce personnage haut en couleur et son influence magnétique sur le peuple inquiètent au plus haut point Hérode Antipas. Les Juifs attendent un Messie qui les libère de l'occupation romaine. Or, même si le message de Jean ne paraît pas d'ordre politique mais cantonné à la sphère spirituelle, l'homme n'a pas de mots assez durs envers le tétrarque. Il interpelle les pèlerins chaque jour plus nombreux et n'hésite pas à critiquer ouvertement sa conduite. N'a-t-il pas fait construire une ville, Tibériade, sur un ancien cimetière ? Bien pire, n'a-t-il pas commis le grave péché d'adultère en épousant la femme de son demi-frère ?

Hérode Antipas se méfie comme de la peste de celui qu'il perçoit comme un dangereux agitateur tandis que sa nouvelle épouse ne tolère pas que cet ermite sorti de nulle part se permette de remettre en cause son union. Elle fulmine. Il ne perd rien pour attendre, elle se promet d'avoir sa peau.

La popularité grandissante du Baptiste contrarie tout autant les autorités représentatives des deux grands courants politico-religieux du pays que sont les pharisiens et les sadducéens. Le rite du baptême, qu'il a institué en vue du pardon individuel des péchés, entre en rivalité avec le rite de pardon collectif dispensé annuellement par le Grand Prêtre au Temple de Jérusalem lors de la fête de Kippour.

Marie-Madeleine apprend ainsi qu'une délégation de pharisiens a été dépêchée de la ville sainte sur les rives du Jourdain pour enquêter sur Jean, qui est sommé de s'expliquer. De quel droit, lui qui ne se revendique d'aucune tradition rabbinique, se permet-il d'accorder la rémission des péchés ? Qui est-il pour s'y croire autorisé ?

« Je suis la voix qui crie dans le désert : Aplanissez le chemin du Seigneur, comme a dit Isaïe, le prophète », aurait-il rétorqué à ses interlocuteurs avant d'ajouter ces mots énigmatiques : « Moi, je vous baptise avec de l'eau ; mais Il vient, Celui qui est plus fort que moi. Je ne suis pas digne de dénouer la courroie de ses sandales. Lui vous baptisera dans l'Esprit-Saint et le feu. »

Ces réponses provoquent l'incompréhension et le chaos dans la tête de ceux qui sont venus l'interroger comme dans l'esprit de Marie-Madeleine. Comment comprendre les paroles de Jean ? Cet homme plus puissant, supérieur à lui, qu'il annonce sentencieusement, serait-il le Messie royal tant espéré par les Juifs dont on lui a parlé dans son enfance ?

V

En son for intérieur, l'ermite impressionne Marie-Madeleine. Le Dieu qu'il exalte, si lointain de celui des grands prêtres, des scribes et des pharisiens, lui parle au cœur. Dans la violence de ses propos, elle reconnaît sa propre rébellion adolescente contre Celui qu'on a tenté de lui inculquer et qui se résumait pour elle à un carcan de règles et d'interdits.

Elle se souvient... Le rite semblait alors au centre de tout. L'année était ponctuée par les célébrations – Pourim, Pessah, Shavouot, Roch Hachana, Yom Kippour, Soukkot, Hanouka – au cours desquelles l'on sacrifiait de nombreux animaux pour complaire au Très-Haut et s'assurer ses faveurs. Les semaines s'achevaient par le shabbat. Chaque vendredi matin, sa mère s'affairait à préparer le repas du soir et du samedi midi car il était prohibé de faire du feu pendant ce temps où l'existence se mettait sur pause. C'était une excellente épouse qui connaissait à la lettre tous les principes de la cuisine casher et respectait scrupuleusement les interdits alimentaires afin que son mari reste pur et puisse accomplir ses prières. Elle utilisait un service pour la viande et un second pour les laitages puisqu'ils ne pouvaient être cuits ou consommés ensemble. En revanche, le *parevé*, c'est-à-dire les aliments n'appartenant à aucune de ces deux catégories comme les fruits et les légumes, ne nécessitait pas d'assiettes ou d'ustensiles spécifiques car il était permis d'en manger en accompagnement. Dès le coucher du soleil, la mère allumait la lampe à huile et le père bénissait la coupe de vin avant de passer à table. Le lendemain, à l'aube, il se rendait à la synagogue accompagné de son fils, Lazare, pour dire les psaumes et lire les Écritures tandis que les femmes demeuraient entre elles au foyer.

La vie quotidienne était codifiée. Petite, Marie-Madeleine s'était toujours demandé pourquoi il était nécessaire de suivre tant de consignes pour honorer le Dieu de Moïse. Et aussi, pourquoi les filles n'étaient pas autorisées à aller à l'école de la synagogue pour apprendre comme les garçons à mieux connaître Celui que l'on n'avait pas le droit de nommer autrement que par ces quatre lettres : YHWH. Il fallait employer des circonlocutions pour l'évoquer. On disait « l'Éternel », « la Nuée », « la Gloire »… Il n'avait pas d'image ni de corps et appartenait au domaine de l'invisible. Le désigner comme le représenter était un péché.

Elle avait voulu s'affranchir de ces conventions qui lui semblaient ineptes. Puisque Dieu s'avérait une affaire d'hommes, elle avait choisi de s'en détourner. Ne pas croire en Lui serait son acte de résistance silencieux face à la domination masculine. Plutôt mourir qu'accepter la Loi hébraïque et le statut étriqué qu'elle conférait à la femme. Elle souhaitait prendre l'exact contre-pied du destin qui lui était assigné. En lieu et place de la bonne épouse et de la bonne mère qu'elle aurait dû être, elle jouirait de la vie, opposant la loi du plaisir à celle des prêtres. Elle sortirait tête nue et laisserait le vent batifoler avec sa crinière flamboyante. Sa chevelure serait son emblème. Le symbole d'une sensualité triomphante qu'elle ne voulait pas cacher. Elle serait libre, qu'on se le dise ! N'était-ce pas pour cela qu'elle s'était réfugiée en pays païen ?

Dix ans ont passé depuis ce petit matin où elle a décidé de fuir. Elle se revoit jeune fille débarquant à Magdala, des rêves plein la tête. Les hommages masculins lui faisaient pousser des ailes. Ici, les prétendants n'entendaient pas la prendre pour épouse ni faire d'elle la mère de leurs enfants. Ils la voulaient comme maîtresse. Pour être aimée d'eux, elle s'était pliée à ce qu'ils attendaient d'une femme émancipée des codes sociaux traditionnels. Elle avait su comme personne attiser leur désir. Dans ce rôle, elle s'était sentie toute-puissante. Avec le recul, elle comprend combien elle a été bernée. Épouse, mère ou maîtresse, quel que soit le titre, il enferme bel et bien celle qui le porte dans une prison dont les hommes ont la clé. Sa conduite libertine a magnifiquement servi leurs intérêts. Ils ont usé et abusé d'elle mais qu'a-t-elle gagné en retour ?

Triste constat. Au jeu de la séduction, elle a perdu sur toute la ligne, songe-t-elle. Elle voulait aller là où son désir la mènerait. Elle n'a fait que répondre à celui de ses amoureux d'un soir, dans le regard desquels elle a toujours vécu. Obnubilée par l'image qu'elle leur renvoyait, elle a créé de toutes pièces cette femme désinvolte et légère qu'ils rêvaient de tenir dans leurs bras, jusqu'à se confondre avec cette caricature.

Elle sourit. Longtemps, à travers cette contrefaçon d'elle-même, elle a couru après le prince charmant, cet être idéal capable de remplir toutes les fonctions : la protection, la douceur et l'amour, l'initiation sexuelle, l'image emblématique du père... En tant que femme, elle se sentait alors incomplète. Il lui fallait à tout prix trouver cette autre « moitié » masculine avec laquelle elle fusionnerait pour ne former qu'un. Ainsi, elle a erré comme une âme en peine d'aventure en aventure, en attente perpétuelle de celui qui pourrait guérir ses blessures d'insécurité. L'autre ne correspondait pas à la flamme jumelle tant espérée. Et, quand par bonheur elle croyait avoir rencontré l'âme sœur, la peur de la perdre ou d'être déçue la tenaillait. Elle en prend conscience aujourd'hui : c'est cette rêverie adolescente, cette quête éternelle jamais satisfaite qui l'a précipitée dans la dépendance affective.

Où est l'amour qu'elle a inlassablement poursuivi ? Elle n'a connu que de brèves passions décevantes. Que reste-t-il à cette heure de l'élan de vie qui les emportait, elle et ses amants, dans un tourbillon magistral ? Après les torrides ébats, à chaque fois, la lumière de l'éros se tamisait, dévoilant dans un clair-obscur encore incertain le spectre de l'illusion qui l'avait fait étinceler. Puis, la pénombre tombait comme un couperet, rompant la magie de ces instants incandescents.

Les mots du Baptiste résonnent douloureusement en elle et viennent alimenter son trouble. Tous ses soupirants l'ont adulée mais aucun l'a-t-il jamais aimée ? L'espace de quelques semaines ou de quelques mois, elle a été pour eux la grande Isis, déesse adorée à l'image de ce Dieu qu'idolâtrent les pharisiens et les sadducéens. Aux pieds de Marie-Madeleine, les hommes ont déposé leurs offrandes, autant de présents enveloppés dans la suavité de leurs caresses. Mais, comme ces Juifs pieux qui restent à la périphérie de la vraie foi en croyant honorer Dieu par leur stricte obéissance au rite, ses prétendants se sont abrités derrière des simulacres pour mieux dissimuler leur absence de sentiments profonds à son égard.

L'esprit de prostitution règne en maître à la cour d'Hérode Antipas et corrompt tout. Elle s'interroge. Se pourrait-il que son cœur, originellement si pur, ait été gâté par le climat dans lequel elle évolue depuis tant d'années ? La jeune vierge de Béthanie ne s'est-elle pas transformée en la plus célèbre fille de joie de Magdala ? Une bien curieuse odalisque, il est vrai, qui donne et mendie de l'amour en faisant commerce de ses charmes… Lucide, elle reconnaît que son comportement transgressif a participé à la dépravation ambiante. Cependant, si elle est une courtisane aguerrie, elle ne saurait rivaliser avec la Grande Prostituée qui est à l'œuvre à Tibériade. Son esprit pervertit les êtres. Il les asservit en les maintenant toujours plus près des matérialités. Il les égare en les incitant à se rassasier par leurs propres voies. Il les trompe en adaptant le message divin à de basses considérations individuelles. Il souille et flétrit les âmes pour interdire tout dialogue intime avec la transcendance.

Comme chacun ici, Marie-Madeleine a été séduite par cet esprit de corruption. Elle a tourné le dos aux réalités supérieures et donné la primauté à la chair. Elle s'est lancée dans la quête amoureuse avec la certitude que son bonheur ne pouvait venir que de la terre. Elle a cru pouvoir ne compter que sur elle-même pour le construire, sûre de maîtriser de bout en bout sa destinée. Quelle farce ! Elle le perçoit désormais clairement, son âme a soif d'autre chose. À travers la fusion des corps, si elle a touché une part d'éternité, l'acmé de l'union charnelle s'est toujours révélée frustrante quelle qu'en soit l'intensité. Comment la jouissance sensuelle aurait-elle pu répondre au désir infini vers lequel son être était tendu sans qu'elle en ait conscience ? Prise dans la roue des passions, à travers les ébats réitérés, c'est un amour plus vaste, transcendant, qu'elle a cherché sans relâche. Aujourd'hui, son existence lui semble vide mais elle ne sait ce qui pourrait la combler.

VI

Les semaines passent. L'aura de Jean le Baptiste ne cesse de s'accroître et d'inquiéter Hérode Antipas. L'ermite électrise les foules. Fanatisés, ses adeptes menacent chaque jour davantage de déstabiliser le pouvoir en place. La cour vit au rythme des nouvelles que lui rapportent les espions du tétrarque. Selon leurs dires, ce dernier n'a plus affaire à un mais à deux fauteurs de troubles. Parmi les fidèles du Baptiste, un homme répondant au nom de Jésus a récemment demandé à recevoir le baptême et Jean aurait reconnu en lui l'être supérieur dont il avait prophétisé la venue. « C'est moi qui ai besoin d'être baptisé par toi, et c'est toi qui viens à moi ! » se serait-il exclamé devant sa requête et Jésus lui aurait répondu en ces termes : « Laisse faire pour le moment, car il convient que nous accomplissions ainsi toute justice. »

Dans l'entourage d'Hérode, on glose à satiété sur ces paroles énigmatiques fidèlement retranscrites par les observateurs dépêchés sur place. Marie-Madeleine s'interroge elle aussi. Cette phrase peut, en effet, laisser entendre que cet homme providentiel serait celui annoncé par les prophètes et que son baptême représenterait un signe d'accomplissement de la Parole.

Des témoins accréditent cette thèse. Ils racontent aux sbires d'Hérode qu'une manifestation céleste inédite aurait eu lieu peu après que Jean s'est exécuté. Tandis que Jésus remontait sur la berge, l'Esprit de Dieu serait descendu sur lui telle une colombe et une voix venue des cieux aurait annoncé : « Celui-ci est mon Fils bien-aimé, en qui je trouve ma joie. »

À la suite de cet événement pour le moins ésotérique, l'homme s'est retiré dans le désert et chacun a cru qu'on n'entendrait plus parler de lui. Mais, environ six semaines plus tard, il est revenu prêcher en Galilée, s'entourant de quelques compagnons : un certain Simon-Pierre et son frère André, deux pêcheurs de la ville de Capharnaüm, ainsi qu'un autre prénommé Jacques, fils de Zébédée, et Jean, son frère, qui se trouvaient dans une barque et réparaient leurs filets quand il les a hélés. Sûrs d'être en présence du Messie tant espéré, aucun d'eux n'a hésité à le suivre. À ce trio se sont adjoints Philippe, un homme originaire du village de Bethsaïde persuadé, lui aussi, d'être face à celui dont parlaient Moïse et les Prophètes, et son ami Nathanaël qui, de prime abord, semblait moins enclin à le croire. Jésus a su le convaincre en lui confiant qu'il l'avait observé sous un figuier en train d'étudier la Loi et qu'il savait qu'il était un sage. Nathanaël s'est demandé comment son interlocuteur pouvait le connaître aussi bien sans l'avoir jamais rencontré auparavant. Cette clairvoyance surnaturelle a eu raison de son scepticisme.

Depuis lors, Jésus remonte la vallée du Jourdain où il rencontre un succès plus important encore que le Baptiste qui, pour autant, poursuit de son côté sa mission baptismale.

Les prêcheurs se comptent à la pelle en Galilée. Tous annoncent la fin des temps. Jamais Hérode n'a craint ces faux prophètes apocalyptiques. S'ils pullulent sur ses terres, leurs discours sont peu suivis. Ils font partie du folklore local. En revanche, partout où il passe, Jésus accomplit de véritables prodiges qui laissent les gens sans voix.

Émerveillée, Marie-Madeleine écoute le récit détaillé des nombreux miracles relatés aux espions d'Hérode par la population. Dans le village de Cana où il assistait à un mariage, elle apprend qu'il aurait transformé l'eau en vin – du meilleur ! – alors que les convives venaient à en manquer. Personne n'a compris ce mystère qui n'a fait que renforcer celui qui entourait déjà sa personne.

Après la Galilée, Jésus a prolongé son ministère en Judée et rejoint Jérusalem. Sous la tutelle originelle de la tétrarchie d'Archélaüs, fils d'Hérode le Grand, la ville sainte est désormais aux mains des Romains, l'empereur ayant destitué et exilé Archélaüs à Vienne, en Gaule. Ponce Pilate est l'actuel préfet. Bien qu'il dispose d'une magnifique villa patricienne dans les beaux quartiers, sur les hauteurs de la cité, il n'y réside qu'occasionnellement, lors des fêtes. Durant ces périodes, les pèlerins affluent de toutes parts, ce qui engendre souvent des troubles à l'ordre public. Il se doit donc d'être sur place. Le reste du temps, il préfère demeurer dans son palais à Césarée. La ville portuaire construite par Hérode le Grand au bord de la Méditerranée est devenue la capitale de la province procuratorienne.

Marie-Madeleine n'est pas sans savoir que les relations entre le préfet et le monde juif sont des plus conflictuelles. Pilate n'a-t-il pas exigé que l'on hisse les étendards des légions romaines de Césarée face au Temple de Jérusalem ? Cette provocation à nulle autre pareille a immédiatement été suivie d'émeutes. Pour avoir raison des insurgés, le préfet les a enfermés à l'intérieur du stade puis a donné l'ordre à ses troupes de les massacrer s'ils n'acceptaient pas sa décision. Les Juifs n'ont pas plié, préférant mourir plutôt que d'abdiquer. Leur acte de bravoure a tant surpris Pilate qu'il a fini par retirer les étendards litigieux, mais depuis cet événement, la situation reste extrêmement tendue.

Nous sommes au mois de Nisan 3791[1] et, cette fois, c'est Jésus qui suscite les plus grands remous à l'occasion de la fête de Pessah, la Pâque juive. En cette période de pèlerinage, Jérusalem est surpeuplée. De trente mille habitants en temps normal, la ville passe à près de trois cent mille âmes. L'esplanade du Temple se transforme alors en un gigantesque bazar. Si le règlement interdit

1. An 30 de notre ère.

aux vendeurs d'animaux destinés aux sacrifices – vaches, chèvres, moutons et agneaux – d'y faire commerce, nombre d'entre eux font fi de ces prohibitions. Comme la loi lévitique stipule que les bêtes propitiatoires doivent être exemptes de tout défaut pour être présentées aux sacrificateurs, afin de ne pas se heurter à leur refus, les fidèles préfèrent les acheter dans l'enceinte du Temple, même si leur prix est plus élevé. Encore faut-il qu'ils puissent changer la monnaie romaine comportant des effigies païennes, donc impure, en monnaie sacrée – le sicle – sans aucune représentation. Ces « banquiers » pullulent sur le parvis et proposent leurs services en prenant au passage une belle commission.

Les événements rapportés à la cour semblent extravagants. Comme ceux qui l'entourent, Marie-Madeleine peine à croire que, muni d'un fouet et de cordes, Jésus ait osé chasser les marchands du Temple. Pourtant, les enquêteurs dépêchés par Hérode sont formels. Il s'en est d'abord pris aux vendeurs d'animaux qui font un juteux commerce sur le dos du rite. Puis, dans sa rage, il a été jusqu'à renverser les tables des changeurs de monnaie.

– Ôtez tout cela d'ici et ne faites pas de la maison de mon Père une maison de trafic, leur aurait-il lancé, fou de colère.

En son for intérieur, la jeune femme est séduite par ce personnage qui, à l'instar du Baptiste, n'hésite pas à s'attaquer à des pratiques cultuelles dictées par les plus hautes autorités religieuses. Cependant, elle s'interroge. Que signifie cette violence ?

Hérode Antipas fait surveiller ce trublion depuis des mois sans intervenir mais il considère cette fois que l'homme est allé trop loin. Outrés, Hanne et Caïphe, les représentants des grands prêtres, sont venus se plaindre au tétrarque de ces actes qu'ils interprètent à juste titre comme une provocation remettant directement en cause leur autorité. Ils ont transféré en ce lieu sacré qu'est le Temple le marché des bêtes et les changeurs qui se trouvaient auparavant sur le mont des Oliviers afin de s'adjuger une partie de leurs bénéfices. Au-delà de l'annonce de la fin des sacrifices, c'est contre ce déménagement mercantile irrespectueux de la foi d'Israël que Jésus s'est insurgé. Mais qui donc est cet homme et quelle est sa légitimité ?

Les deux grands prêtres relatent à Hérode l'échange qu'ils ont eu avec lui.

« Quel signe nous montreras-tu pour agir de la sorte ? » lui ont-ils demandé pour le défier.

Jésus a répondu par ces paroles insaisissables : « Détruisez ce Temple et en trois jours, je le relèverai. »

Sûrs qu'ils avaient affaire à un fou, les Juifs pieux ont rétorqué : « Il a fallu quarante-six ans pour construire ce Temple, et toi, en trois jours, tu le relèverais ? »

À la vérité, personne ne comprend où il veut en venir. Le tétrarque comme le cercle des grands prêtres assistent, perplexes et inquiets, aux agissements de cet homme apparemment doté de pouvoirs et d'une autorité exceptionnels qui n'hésite pas à renverser l'ordre établi.

Jésus les a pris de court. Après cet épisode rocambolesque, pressentant le danger de rester à Jérusalem, il s'est éloigné de la ville sainte pour aller prêcher en Judée, se rendant de village en village. Cette fois, c'est chez les premiers disciples de Jean qu'il a semé le trouble. Ceux que l'ermite avait baptisé quelques mois plus tôt ne savent plus lequel des deux hommes croire. Dans les campagnes, les gens s'invectivent et se disputent à ce sujet. La situation menace de devenir explosive.

Hérode Antipas voit rouge. Il fait arrêter le Baptiste. Pressé par les autorités religieuses, le tétrarque lui intime l'ordre de cesser sur-le-champ ses agissements mais l'ermite ne se démonte pas. Il va même jusqu'à lui reprocher avec véhémence son union adultérine avec Hérodiade et, comble d'insolence, une fois relâché, il continue tranquillement de prêcher comme si de rien n'était.

Contre toute attente, le monarque n'en prend pas ombrage. Sans cesse sur le qui-vive, contraint de se méfier de tous pour déjouer les complots ourdis dans son dos, il cultive une certaine admiration pour Jean, lui qui n'a peur de rien ni de personne. Sa bravoure et la radicalité de son discours le touchent.

Hérodiade, en revanche, est loin d'avoir la même clémence à son égard. Elle pousse son mari à l'emprisonner. Elle voudrait se débarrasser définitivement de lui et venger l'affront qu'il lui a fait en critiquant son union. Cependant, Hérode Antipas ne veut aucun mal au Baptiste, même s'il le fait finalement incarcérer pour tenter de mettre un terme aux troubles à l'ordre public dont il est l'instigateur.

Reste un problème de taille : Jésus.

VII

Marie-Madeleine brûle de connaître le Messie annoncé par Jean dont les miracles ne cessent de se multiplier. Curieuse de ses faits et gestes, elle écoute ce qui se dit à la cour. Après la Pâque et les remous provoqués au Temple de Jérusalem, l'homme est revenu en Galilée en passant prudemment par la Samarie, province sous dépendance romaine que scribes et pharisiens fréquentent peu. Il a séjourné à Cana et accompli un second prodige. Là, un commandant de l'armée d'Hérode l'aurait, en effet, supplié de venir guérir son fils sur le point de mourir dans la ville voisine de Capharnaüm. D'abord agacé par cette énième requête, Jésus aurait interpellé la foule : « Vous ne pourrez donc pas croire à moins d'avoir vu des signes et des prodiges ? » Cependant, devant l'insistance de l'officier royal, il aurait acquiescé à sa demande en prononçant ces mots : « Va, ton fils est vivant. »

Confiant, le militaire s'en est retourné chez lui. Sur le chemin, ses serviteurs, venus à sa rencontre, lui auraient annoncé que son enfant était sauvé et que sa guérison avait eu lieu à l'heure dite où, la veille, Jésus le lui avait annoncé.

Puis il est allé prêcher à Capharnaüm. En entendant le nom du lieu, Marie-Madeleine sursaute. Située sur la rive ouest du lac de Tibériade, un peu plus au nord que Magdala, la cité se trouve à deux pas de là où elle réside. Elle connaît bien cette ville frontière qui sépare le royaume d'Hérode Antipas de celui de Philippe, tétrarque de la Gaulanitide. Les collecteurs d'impôts font payer un droit de passage – l'octroi – à tous ceux qui y transitent. Elle s'y est rendue à plusieurs reprises en bateau pour acheter des étoffes précieuses. Partant du lac, une avenue centrale traverse la cité du nord au sud à l'intersection de laquelle débouchent des rues transversales séparant la ville d'une centaine d'habitants en différents îlots.

Si Jésus enseigne dans toute la Galilée, Capharnaüm est son camp de base. Il semble qu'il y soit hébergé chez son ami Simon-Pierre. Elle imagine un logis très simple, constitué de deux petites pièces autour d'une cour centrale, semblable aux autres dans ce quartier où les maisons sont pauvres sans être misérables et se jouxtent à travers une intrication de ruelles.

Elle aimerait voir de ses yeux ce prédicateur qui opère tant de merveilles. Pour l'heure, elle doit se contenter de ce qu'on lui relate. Aux dernières nouvelles, il aurait ramené à la vie la petite fille d'un homme nommé Jaïre, gardien de la synagogue. Une femme, atteinte d'hémorragie depuis douze ans, bannie de la société en raison de cette impureté rituelle, se serait vue guérie après avoir touché l'une des franges du manteau de Jésus à son insu. Loin de réprouver ce geste impudent, ce dernier l'aurait salué comme un acte de foi auquel il aurait aussitôt fait droit.

On raconte aussi que dans la maison de Simon-Pierre où il prêchait, une foule massée devant la porte en barrait l'entrée. Pour contourner l'attroupement, quatre hommes portant un paralytique sur un brancard seraient alors passés par le toit en ôtant les branchages qui le recouvraient afin de pouvoir descendre le malade aux côtés du guérisseur. Touché par cette ferveur, Jésus aurait dit : « Mon enfant, tes péchés sont pardonnés. »

Témoins de la scène, des Juifs outragés ont argué qu'il blasphémait. Selon la Loi de Moïse, Dieu seul détient le pouvoir de pardonner. Comment pouvait-il prétendre avoir une autorité supérieure à tous les prophètes l'ayant précédé ?

« Je te le dis, lève-toi, prends ton brancard et marche ! » aurait ordonné Jésus au paralysé pour que personne ne doute qu'il détenait bien cette autorité. Ébahie, la population a vu sortir l'homme sur ses deux jambes.

Au petit groupe originel composé de Simon-Pierre, d'André, de Jacques, de Jean et de Philippe se sont ajoutés d'autres hommes : Barthélémy, Matthieu, Thomas, Jacques, fils d'Alphée, Simon le Zélote, Judas, fils de

Jacques, et Judas Iscariote. En tout, douze compagnons de confiance ont été choisis par Jésus parmi les nombreux fidèles qui le suivent dans ses déplacements.

De nouveaux prodiges ont encore eu lieu dans la région. Transgressant la Loi hébraïque et la pause du shabbat, il a guéri un homme dont la main droite était paralysée. Puis, un lépreux. Il a rendu la vue à un aveugle. Ressuscité le fils d'une veuve. La liste est longue de ses exploits.

Ces récits font forte impression sur Marie-Madeleine. Les témoignages sont si nombreux qu'elle croit à leur authenticité. Elle médite sur le sens profond qu'il importe de leur donner. Une certitude s'impose : ces prodiges constituent des signes d'accomplissement. Jésus guérit les malades et les handicapés, exorcise les possédés, relève les morts pour affirmer, à travers ces faits extraordinaires, la véracité de sa parole. Elle songe qu'à chaque nouveau miracle, ce qui semble sauver le bénéficiaire, c'est sa foi. Ce n'est qu'à cette condition que la prière de Jésus se trouve exaucée.

Cette réflexion chemine en elle et vient éclairer d'un jour nouveau le malaise intérieur qui l'habite depuis des mois. Jusqu'à présent, elle n'a connu que l'écorce de l'existence : ce quotidien décevant dont elle pensait qu'il représentait toute chose. Elle perçoit confusément que la vie comporte une autre dimension – dissimulée, perceptive, immatérielle – bien plus vaste que celle des yeux. C'est cet infini qu'elle appelle de toute son âme pour combler le vide abyssal qu'elle ressent. Le sens qu'elle octroie aux exploits de Jésus lui indique le chemin à suivre : il lui faut s'ouvrir à cet arrière-monde invisible et sacré, susceptible de se manifester parfois sous la forme de l'irrationnel, pour appréhender toute la grandeur de l'existence.

VIII

Ce matin-là, le soleil brille déjà sans retenue avant d'avoir atteint son zénith. Pour échapper à la touffeur ambiante et tromper sa mélancolie, Marie-Madeleine est allée marcher sur les bords du lac où souffle une brise salutaire. C'est sa promenade favorite. Sur ces rives enchanteresses règne une harmonie parfaite. Elle ne se lasse pas d'admirer le scintillement de l'eau où se reflètent les montagnes alentour, la splendeur de la végétation, le vol majestueux des pélicans dans l'azur illimité. Le cadre invite au calme et à la rêverie. Pourtant, ce paysage idyllique ne parvient pas à égayer son âme. Depuis des mois, elle n'a plus goût à rien. Elle se sent vide, comme si ses émotions s'en étaient allées ailleurs, dans un autre corps, un autre esprit, disposés à les accueillir quand tout en elle paraît mort.

Elle s'est aventurée loin. Avant de revenir sur ses pas, elle s'assoit quelques instants à l'ombre d'un arbre. Sur le lac, la plupart des embarcations de pêcheurs sont rentrées au port. Bientôt midi, l'heure où la vie semble se retirer pour laisser le champ libre à la chaleur prandiale. Elle songe qu'elle aussi aimerait prendre congé. Quitter cette vie qui n'a plus aucun sens.

En apparence, rien ne laisse présager son malaise. Comme à son habitude, elle a revêtu l'une de ses plus jolies tuniques. Elle porte des bijoux en or et en cuivre qui lui sont assortis. Elle s'est coiffée, fardée, parfumée. Impossible pour elle de sortir sans s'apprêter. Impensable que l'on ne se retourne pas sur son passage.

Chacun ici connaît la Magdaléenne. Les femmes du peuple la jalousent autant qu'elles la dénigrent. Lorsqu'elle déambule dans les rues de la ville, les maris la déshabillent des yeux. Elle aime sentir leurs regards de convoitise et l'ardent désir qu'elle fait monter en eux. On chuchote et on médit derrière son dos. Les gens la traitent de dévergondée, de putain. On la dit même possédée mais ces qualificatifs ne font qu'ajouter à sa légende. Qu'importe, la sulfureuse Marie-Madeleine reste indétrônable.

Oui, comme chaque jour quand elle est de sortie, elle resplendit. Cependant, derrière le lustre, dans sa tête, c'est le chaos. Elle sourit de cette étiquette qui lui colle à la peau. Fille de joie. Si les gens savaient l'étendue de son désespoir…

Sur le chemin du retour, à l'angle de la rue commerçante de Magdala, elle aperçoit une foule massée devant la maison d'un pharisien, un certain Simon qu'elle a déjà croisé de temps à autre en ville. L'homme n'est pas sympathique. Il lui porte le plus sombre mépris et ne s'en cache pas. Elle se souvient qu'un jour, alors qu'elle passait à ses côtés, il a craché par terre en signe de dégoût. Outrée, elle s'est immobilisée, puis elle a durement soutenu son regard jusqu'à ce qu'il baisse les yeux.

Intriguée par cet attroupement, elle s'approche et demande à la cantonade quelle en est la cause.

– Comment, vous ne savez pas ? Jésus est à Magdala ! Il prend son repas à la table de Simon. Nous attendons qu'il sorte pour le voir en chair et en os, lui répond l'un des badauds.

Saisie par la nouvelle, Marie-Madeleine ne réfléchit pas. Mue par une urgence intérieure, elle court à perdre haleine jusqu'au palais où elle demeure, monte quatre à quatre les marches de l'escalier qui mène à l'étage et fonce dans sa chambre. Ni une ni deux, elle s'empare du vase qui renferme son parfum, ce précieux élixir qu'elle confectionne en mêlant différentes essences rares dont la fragrance unique est sa signature. L'urne en main, elle vole chez le pharisien.

Le rassemblement a encore grossi. Elle joue des coudes pour se frayer un chemin dans la foule non sans se faire vertement conspuer et bousculer au passage. Elle n'entend pas les injures, ne sent pas les coups. Elle avance comme dans une bulle, concentrée sur sa mission : atteindre la porte, l'ouvrir, entrer.

Lorsqu'elle pénètre dans la pièce où le repas est servi, c'est la stupéfaction générale. Il n'y a là que des hommes. Étendus sur des coussins autour de Jésus, lui aussi allongé, ils cessent de parler et de manger. Médusés, ils observent cette furie qui déboule chez Simon sans y être conviée, puis se précipite sur leur hôte pour s'effondrer à ses pieds. Toute la peine contenue depuis des mois au plus profond d'elle-même s'y déverse en un flot ininterrompu. Un torrent de larmes qui charrie la honte, l'humiliation, l'échec, les regrets et les remords de s'être abîmée dans une existence qu'elle exècre mais dont elle ne voit pas comment sortir. Elle remet la désolation qui l'accable au seul homme qu'elle sait capable de transformer cette boue méphitique en limon fertile. Elle l'inonde de son chagrin et, dans le même temps, confuse, osant ce geste d'une extrême indécence tant il est empreint de sensualité, elle essuie de ses cheveux les pieds sur lesquels se répand ce ruissellement intarissable. En les noyant de ses pleurs, elle lave son âme de ses fautes, étrange baptême d'eau qui atteste d'un retournement intérieur définitif, absolu, dont elle prend conscience au moment même où il a lieu. Submergée par l'émotion, elle les couvre de baisers avant de verser sur eux le contenu du vase qu'elle tient contre son sein.

Le parfum suave et entêtant envahit la pièce. Les yeux de la jeune femme fixent les pieds de celui que, dans une fulgurance extralucide, elle perçoit comme le Dieu fait homme. Posés au sol, ils signent son ancrage terrestre, symbole criant de cette incarnation. Les mains de Marie-Madeleine les massent longuement puis, dans un mouvement d'enveloppement, son buste s'abaisse sur les extrémités de ce corps divin pour fusionner avec lui en silence. Instants suspendus. Radieux. Éternels.

Scène inouïe. Les convives en restent bouche bée. Pour sa part, Jésus ne semble pas s'offusquer de cette conduite impudique. En complète contradiction avec les mœurs et la culture de son peuple, il accepte de se laisser toucher par une femme, qui plus est, par cette femme de mauvaise vie dont les gestes sont chargés d'un érotisme torride. Il accueille avec une infinie bienveillance cette eau diluvienne et purifiante, ses caresses, ses baisers et la singulière onction qu'elle lui délivre, non pas sur la tête mais sur les pieds, non pas avec de l'huile mais avec son propre parfum aux effluves pénétrants. La jeune femme ne traduit-elle pas de façon éclatante sa foi dans l'œuvre rédemptrice dont il est porteur ? Elle lui donne l'onction et, tout à la fois, la reçoit en s'unissant à celui qu'elle consacre comme étant le sauveur – *son* sauveur –, sûre qu'à travers lui, l'Esprit va l'aider à combattre ses maux de l'âme. Elle brise ainsi les jougs intérieurs et extérieurs qui l'emprisonnent. Son geste amènera à sa délivrance. Avant même que Jésus ait prononcé la moindre parole, elle a l'intuition d'être déjà pardonnée. À travers cette communion intime avec lui, elle célèbre le passage de la faiblesse, de l'échec, de la mort à la force, à la victoire, à la vie nouvelle dont il lui ouvre le chemin.

Simon, le propriétaire de la maison, n'en revient pas. Enfin, voyons, un homme aussi clairvoyant que son hôte ne peut-il avoir reconnu en cette intruse une pécheresse de la pire espèce ? Lui qui se dit prophète, ignore-t-il qui elle est ?

Jésus sait ce qui se trame dans la tête du pharisien. S'il l'a invité à sa table, c'est pour connaître et interroger celui qu'il considère comme un faux prophète. Il réprouve les largesses qu'il s'autorise vis-à-vis de la Loi et veut en savoir plus sur cet homme défiant les codes.

Afin que Simon ne doute pas de son autorité, Jésus entend lui montrer qu'il détient le charisme de deviner ses pensées. Il s'amuse de son incrédulité et, à travers l'une de ces joutes verbales dont il a le secret, il va endosser le rôle du rabbi, le seul que le maître de maison connaisse et puisse comprendre, pour l'inviter à réviser son sens de la justice divine et convertir son regard. Il lui conte cette histoire en forme d'énigme :

– Un homme a prêté de l'argent à deux clients, l'un lui doit cinq cents pièces d'argent, l'autre cinquante. Comme aucun des deux n'a de quoi lui rendre, il efface leur dette à tous les deux. Lequel, à ton avis, l'aimera davantage ?

Simon réfléchit quelques instants, convaincu que Jésus lui tend un piège. Ne voyant pas lequel, il répond par cette évidence :

– Je suppose que c'est celui qui avait la plus grande dette.

– Tu as bien jugé, lui dit son interlocuteur.

Puis, il reprend :

– Tu vois cette femme. Je suis entré chez toi et tu ne m'as pas versé d'eau sur les pieds, mais elle, elle les a inondés de ses larmes et les a essuyés de ses cheveux. Tu ne m'as pas embrassé, mais depuis qu'elle est là, elle n'a pas cessé de me baiser les pieds. Tu ne m'as pas parfumé la tête, alors qu'elle a couvert mes pieds de parfum. C'est pourquoi, je te le dis, ses péchés, ses nombreux péchés lui sont pardonnés, parce qu'elle a beaucoup aimé !

À ces mots, Marie-Madeleine se sent percée à jour mais aussi profondément comprise. Il a vu la puissance d'amour qu'elle recèle, boule de feu intérieure irradiant autour d'elle. Il a vu cette énergie pure et éclatante de douceur émanant de son être et l'immense gâchis qu'elle en a fait. Sa vie durant, elle a prodigué cet amour vibrant de façon désordonnée sur autant de soupirants de passage. Elle a satisfait ses sens en perdant chaque jour un peu plus le Sens des choses. Aujourd'hui, celui qu'elle est venue trouver dessine devant ses yeux la flèche qu'elle doit suivre pour guérir. Il lui faut apprendre à rediriger le flot de tendresse qui bouillonne en elle. Ne plus le déverser sur tous ceux dont elle s'entiche mais vers l'humanité entière afin d'appréhender l'autre dimension de l'amour qui en traduit la vraie noblesse : l'amour universel, don gratuit de soi à autrui. Puis, ouvrir encore un peu la porte de son cœur pour accueillir l'étincelle divine que Jésus incarne et l'espérance dont il est porteur.

Déchargée de l'énorme poids qui pesait sur sa poitrine, toujours étendue à ses pieds, Marie-Madeleine lève son beau visage vers lui et, longtemps, ils se mirent l'un en l'autre.

– Tes péchés sont pardonnés. Ta foi t'a sauvée, va en paix, lui dit-il enfin d'une voix sourde qui trahit son émotion.

Il a préalablement prouvé à Simon qu'il était prophète par sa faculté surnaturelle de lire dans ses pensées. Dès lors, nulle obligation pour lui de se référer à la Torah ou de pratiquer le rite sacrificiel d'expiation. Il est le grand Intercesseur qui entérine le pardon divin.

Marie-Madeleine se relève. Ce n'est pas seulement son corps qui se redresse mais son âme, empreinte d'une plénitude et d'une joie inédites. Sur les traits lissés de son visage, l'ombre a laissé place à la lumière. Recueillie, un sourire ineffable sur les lèvres, elle goûte la paix qui envahit tout son être avant de quitter la pièce sur la pointe des pieds.

ÉVEIL

I

Ma douce,

Je ne peux demeurer un instant de plus dans ce climat qui m'oppresse et me révulse.

Depuis longtemps, je songeais à quitter cette existence superficielle et vaine qui était devenue la mienne mais le courage me manquait.

Cette nuit, j'ai pris ma décision.

Je suis lasse des dorures et de la luxure dans laquelle je me vautre depuis tant d'années.

J'ai de l'amour à revendre, tu le sais, mais l'amour n'a pas sa place à la cour où seules l'intrigue et la manipulation ont droit de cité.

Les rencontres éphémères, le sexe facile et le jeu de séduction dont j'ai été bien trop souvent la dupe me laissent un goût amer.

Qu'est-ce que la fusion des corps sans celle des âmes ? Un vaste marché de la chair où chacun vient faire provision pour calmer sa faim.

L'amour supérieur qu'exalte le Baptiste, personne ici, sauf toi dont le cœur est si pur, ne le connaît.

C'est le seul que je veuille désormais poursuivre.

Jean nous a annoncé un Sauveur et, n'écoutant que l'appel qui montait en moi, j'ai eu la hardiesse d'aller rencontrer hier celui qu'il prophétisait.

Et même – le croiras-tu ? – celle de le toucher...

J'ai répandu à ses pieds mes fautes, mes regrets et ma peine mais aussi tout l'amour dont je regorge et que j'ai jusqu'ici si mal conduit.

Il m'a pardonnée. Lavée de mes souillures, je me relève comme neuve.

Je pars pour le suivre car c'est Jésus que mon cœur appelle, vers lui que tout mon être se tend.

Adieu, prends soin de toi et de ton âme.

Ne laisse pas s'éteindre son beau rayonnement dans cet environnement dévoyé.

Je te serre dans mes bras, ma petite sœur, et t'embrasse de toutes mes forces vives,

Ton amie.

Comme elle l'avait fait dix ans plus tôt lors de sa fugue de Béthanie, la jeune femme s'en est allée sans se retourner. En dehors de cette lettre adressée à Jeanne, elle n'a prévenu personne de son départ. Pas même l'amant du moment. Tout à l'heure, lorsqu'il frappera à sa chambre pour venir jouir de son corps dans la langueur de l'après-midi, il trouvera porte close. Une page se tourne. La plus célèbre courtisane de Magdala tire sa révérence.

Dans une grande poche de toile, elle a fourré à la va-vite quelques tuniques, deux manteaux, une paire de sandales de rechange et un peu de nourriture. Dans un petit sac en cuir qu'elle a pour habitude de porter en bandoulière, elle a glissé tout l'argent dont elle dispose ainsi que ses nombreux bijoux. Un petit trésor qu'elle mettra à la disposition de Jésus et de ceux qui l'accompagnent au gré des besoins de cette troupe qu'elle est fière de rejoindre.

Elle sourit. Même sa plus sobre parure, la bleue, lui semble aujourd'hui tapageuse. Sur les chemins de Palestine, il n'est pas prudent de se faire remarquer pour une femme, au risque d'être conspuée ou même violentée. Si, à Tibériade et à Magdala, elle s'est enorgueillie de faire partie de celles, brillantes et rebelles, qui affichaient par des tenues colorées et le refus de dissimuler leurs cheveux qu'elles n'avaient pas froid aux yeux, si leur conduite délurée était valorisée, ailleurs, elle sait qu'elle n'appelle que le mépris. On ne se transforme pas du jour au lendemain en Juive pieuse, soumise et accomplie quand on a été pendant tant d'années la plus fameuse dame de cœur de la cour… Et puis, pourquoi mentir en endossant le déguisement d'une autre ? Si elle part, ce n'est certainement pas pour rentrer dans le rang mais pour toucher une vérité supérieure qui ne relève pas de l'apparence. Elle a trop longtemps accordé une place prépondérante à la surface de l'existence. Il lui faut désormais soulever les pierres, creuser la croûte du réel pour découvrir le dessous des choses. Qu'importe l'image qu'elle renvoie à ses concitoyens, qu'importe le parfum de scandale et de stupre qu'elle laisse dans son sillage, une certitude inédite l'habite depuis qu'elle a rencontré Jésus : l'essentiel se trouve dans la profondeur et l'intériorité.

Elle s'est présentée à lui telle qu'elle était. Dans sa plus grande sincérité. Et il l'a accueillie pleinement, inconditionnellement, saluant cette lumineuse authenticité comme une grâce. Il a perçu le joyau qui étincelait sous les scories de sa vie chaotique et dispersée. Compris son désir de la conjuguer au passé. Au-delà du flot impétueux de ses larmes, il a vu la rivière d'amour à ses pieds. Aussitôt, il a senti qu'elle le suivrait jusqu'au bout de ce qu'il avait à vivre et que, même après ce bout qu'on appelle communément la mort et dont lui seul sait qu'elle n'est pas une fin mais une renaissance en Dieu, elle serait la première à témoigner d'un au-delà empreint d'espérance. Oui, dans une illumination, il a réalisé qu'elle était celle que le Père et le Fils attendaient.

Elle lui a rappelé une autre femme rencontrée quelques mois plus tôt alors qu'il traversait la Samarie. Il était près de midi et, après avoir marché toute la matinée, il avait rejoint la ville de Sichar, là même où Dieu s'était adressé jadis à Abraham pour promettre une postérité à ce pays.

Éreinté et assoiffé, il attendait, assis sur le bord d'un puits, le retour de ses disciples partis en quête de quelque nourriture. La femme remontait un seau d'eau ; il lui avait demandé à boire. Qu'un homme, qui plus est un Juif, puisse s'adresser à une Samaritaine, autant dire une païenne impure, l'avait interloquée. « Si tu connaissais le don de Dieu et si tu savais celui qui demande à boire, c'est toi qui lui aurais demandé cette eau qui fait vivre, et il te l'aurait donnée », se souvient-il lui avoir dit. Puis, il avait ajouté : « Celui qui boit de l'eau ne connaîtra plus jamais la soif. L'eau que je lui donnerai deviendra en lui source intarissable de vie éternelle. »

Bouleversée, la Samaritaine l'avait soudain regardé autrement : non plus comme un Juif, mais comme le Seigneur, plus grand que Jacob qui avait creusé le puits. Elle s'était peu à peu ouverte à sa révélation.

Jésus se remémore parfaitement leur dialogue. Elle lui avait d'abord demandé : « Seigneur, donnez-moi donc de cette eau : je n'aurai plus soif. » Mais, ayant lu en elle comme dans un livre, il s'était permis de lui intimer cette injonction pernicieuse : « Va, appelle ton mari et reviens. » Confuse, elle avait avoué ne pas avoir de mari, ce que Jésus savait pertinemment. « Comme c'est vrai ! Tu en as cinq et celui que tu as maintenant n'est pas ton mari », s'était-il exclamé pour lui montrer qu'il connaissait les secrets de sa vie et de son cœur.

À l'image de celle qu'on appelait la pécheresse de Magdala, elle illustrait par ses expériences malheureuses successives son incapacité à assouvir sa soif de vivre, d'exister et d'aimer au sens noble du terme. Il voulait lui faire prendre conscience que ce qu'elle cherchait dans la matière et qui se traduisait chez elle par cette insatiable quête amoureuse, elle ne pourrait le trouver qu'au-dedans, dans ce lieu intime fécondé par l'Esprit.

Cette source intérieure devait se substituer à la source extérieure du puits du Patriarche. C'est à elle qu'il l'exhortait à s'abreuver. À l'ancienne Loi, il voulait opposer un culte nouveau s'organisant au cœur de soi.

Sa parole avait touché le cœur de la Samaritaine. Laissant là sa cruche, elle avait couru annoncer à tous cette bonne nouvelle.

Il n'avait pas eu besoin de grandes démonstrations avec Marie-Madeleine. C'était inutile. Tout ce qu'il avait à lui dire, elle le savait. En venant le trouver, n'attestait-elle pas de sa foi et de sa quête d'une autre destinée ? Elle quittait Magdala pour aller à la découverte de ce trésor intérieur qu'elle entendait conquérir. Pour réaliser cette totale conversion dont parlait le Baptiste et suivre celui qui se tenait devant elle. Son cœur tressaillait de joie d'avoir reconnu l'Élu qu'il désirait depuis toujours sans le savoir. Ce face-à-face donnait un sens à son existence. Jusqu'alors petite et étriquée, celle-ci se déployait incommensurablement dès lors que Marie-Madeleine tournait son regard vers lui. Dans ses yeux doux et profonds, dans ses mots qui caressaient son âme, dans chacun de ses gestes, elle viendrait puiser l'énergie pour vivre de cette Vie majuscule, vaste et immuable, qu'elle sentait dorénavant bouillonner en elle et hors d'elle.

II

Cela fait déjà quelques semaines qu'elle a rallié la troupe de fidèles qui accompagnent Jésus partout où il prêche. Peu à peu, elle a appris à connaître les proches du Maître – les douze apôtres qu'il a désignés – mais aussi les nombreux disciples avec lesquels elle a sympathisé. Au sein du groupe, plusieurs femmes ont osé braver un père, un frère, un époux pour glisser leurs pas dans ceux de cet homme qu'elles considèrent comme leur Seigneur. Il y a Salomé, la mère de Jacques et de Jean, une jeune fille prénommée Suzanne, et beaucoup d'autres encore.

Certaines, issues de milieux aisés, l'assistent financièrement dans sa mission. Jésus, qui a travaillé auparavant comme charpentier auprès de son père, a cessé toute activité professionnelle pour se consacrer à son ministère. Souvent, les fidèles sont hébergés ici ou là et nourris par des adeptes nouvellement convertis mais l'argent est nécessaire pour satisfaire aux multiples besoins du quotidien.

Cependant, la plupart des femmes qui ont tout quitté pour lui sont pauvres. Sans ressources, elles concourent au bien-être de la communauté en faisant la cuisine ou en s'affairant à diverses tâches d'entretien.

S'il fréquente divers milieux sociaux, Jésus n'hésite pas à s'entourer de petites gens, d'exclus et autres estropiés de la vie. Marie-Madeleine sait qu'il prêche d'abord pour eux et non pour une élite fermée sur elle-même comme le font les pharisiens et surtout les esséniens, ces ascètes radicaux et sectaires qui fuient les villes pour ne vivre qu'entre eux de crainte d'être souillés au contact de tout individu extérieur, considéré comme impur.

Prenant le contre-pied de la tradition rabbinique, Jésus ne vit pas dans l'obsession de l'impureté. Riche ou pauvre, il accueille le réprouvé. C'est ainsi qu'il a fait de Matthieu, le collecteur d'impôts de Capharnaüm, nanti mais impur selon la Loi juive, l'un de ses disciples. De même, il n'a eu aucune difficulté à recevoir l'hommage de celle qui vient de le rejoindre et dont la réputation était celle d'une prostituée. Il n'est pas là pour les justes qui sont déjà acquis à sa cause mais pour relever les pécheurs. Libre des apparences, il connaît chacun en vérité. À la loi gravée dans la pierre, il substitue celle de l'amour démesuré. Ce qui émeut Marie-Madeleine, c'est l'ouverture universelle de son cœur au peuple dont témoigne celui qu'elle a décidé de suivre.

Pour autant, lorsque du jour au lendemain, son paquetage de fortune à l'épaule, elle s'est agrégée à la petite bande, son arrivée a fait jaser. Parmi les disciples, tous n'avaient pas la même générosité que le Maître ni sa mansuétude. Ils se méfiaient de cette femme que Jésus avait, paraît-il, délivrée de sept démons.

Elle a cherché à comprendre pourquoi on la disait possédée. La croyait-on coupable des sept péchés capitaux ? En dehors de la luxure et sans doute de l'orgueil, il ne lui semblait pas avoir connu l'envie, la colère, la gourmandise ou la paresse. Encore moins l'avarice. Longtemps, elle a buté sur cette énigme sans oser interroger ses détracteurs, jusqu'à ce qu'elle parvienne à une interprétation personnelle qui la satisfasse. Sept était le chiffre de la perfection, signature de Dieu dans les textes sacrés. Associé aux démons, il symbolisait l'imperfection à l'état pur dans laquelle elle vivait avant sa conversion. Elle a songé qu'elle avait, en effet, touché le fond de ses propres ténèbres en devenant cette caricature fragmentée en autant de visages reflétant ses plus mauvais penchants. Tour à tour séductrice, libertine, jouisseuse, désinvolte, égotiste, superficielle et narcissique, elle s'était dissimulée derrière ces masques au point de ne plus savoir qui elle était vraiment. Ses pleurs et sa foi en Jésus les ont fait tomber pour la ramener à son être intérieur authentique et à l'étincelle qui attendait patiemment d'être rallumée en son centre.

Jésus l'a aimée dans son entièreté, pour le meilleur – l'amour cristallin que son cœur recelait – comme pour le pire – les sept voiles qui le recouvraient –, et, voyant l'ombre, il ne l'a ni jugée ni condamnée mais il a simplement fait briller la lumière afin de rendre la femme morcelée à son unité.

Durant toutes ces années, elle s'était targuée d'être libre et de contrôler sa vie. À son contact, elle a découvert la vraie liberté découlant de sa décision personnelle de recevoir le salut. Elle a fait le premier pas en s'étendant à ses pieds et il s'est penché sur elle dans un mouvement d'abaissement intime du cœur qui montrait sa sollicitude d'être ainsi reconnu, aimé, et combien elle aussi méritait de l'être. Elle a senti couler en elle le miel de sa miséricorde qui la réhabilitait et la restaurait dans son intégrité. Mieux qu'elle-même, Jésus savait ce qu'elle valait profondément.

Plus tard, lorsqu'elle a vu la manière dont il procédait dans le cadre de sa prédication, elle s'est rendu compte qu'il venait spontanément au-devant des hommes, s'inclinant aux pieds des malades, des faibles, des pécheurs pour les réconcilier avec eux-mêmes et leur rendre leur dignité. Loin du Dieu idole face auquel on se prosterne, Jésus révélait un Dieu fragile dont la seule puissance s'avérait celle de l'amour. Ce qu'elle a intuitivement compris, c'est que cette force d'amour surpassait tout. Aucune situation, si grave et tragique soit-elle, n'apparaissait compromise à jamais. Le Dieu cruel de jadis stigmatisant les erreurs de l'homme était mort. Jésus proclamait un Dieu du présent qui ne s'attardait pas sur les fautes commises dès l'instant que l'on se tournait vers Lui pour accueillir sa grâce.

Au lendemain de la scène qui s'était déroulée dans la demeure du pharisien magdaléen, alors que, rentré à Capharnaüm chez Simon-Pierre, Jésus sortait de bon matin pour aller rejoindre ses disciples hébergés pour la nuit par des voisins, il avait eu la surprise de trouver Marie-Madeleine sur le seuil de la porte. Bien avant que le soleil se lève, elle avait quitté Magdala pour le rejoindre. Heureuse et légère, elle avait parcouru d'une traite les quelques kilomètres qui séparaient les deux villes pour se trouver à l'aube devant l'entrée de la maison où il avait dormi.

– Je veux être à tes côtés, rabbi.

Il avait souri et pris gentiment sa main.

– Es-tu sûre de vouloir arpenter les chemins de Palestine avec moi et mes disciples ?

Elle avait acquiescé.

– Les conditions de vie sont rudes, tu sais. Nous marchons tout le jour sous le soleil, dormons souvent à la belle étoile, mangeons au gré de ce que nous trouvons, cela va te changer du luxe que tu as connu… Es-tu prête à sacrifier ton confort ?

– Je le suis.

– Alors, sois la bienvenue, Marie.

Il l'avait sciemment appelée par le prénom de son enfance. Marie-Madeleine était derrière elle. D'un mot, il venait de rendre l'ancienne femme fatale à sa lumineuse innocence.

III

Au fil du temps, Marie a appris à mieux connaître Jésus. Une complicité toute particulière les unit et chacun se livre à l'autre en confiance.

Il lui décrit son enfance à Nazareth, village de Basse-Galilée. Il parle de ses parents, Marie et Joseph, et de sa famille qui compte de nombreux cousins avec lesquels il jouait, petit, à la balle, aux osselets ou aux billes avec des noix. Elle l'imagine enfant modèle et, aussitôt, il la détrompe. Non, il n'était pas spécialement sage. Souvent il se faisait réprimander par sa mère. Comme tous les bambins, il a été corrigé mais l'amour qu'elle portait à ce fils unique était palpable à chaque instant.

À l'adolescence, elle avait eu du mal à le comprendre, comme ce jour où, à l'issue de la Pâque passée à Jérusalem, il n'avait rien trouvé de mieux que de fausser compagnie à ses parents pour rester discuter avec les rabbins du Temple. S'apercevant trop tard que Jésus ne faisait pas partie de la caravane qui rentrait à Nazareth, ils avaient rebroussé chemin. Durant des heures, fous d'angoisse, ils l'avaient cherché dans les rues de la ville sainte pour finir par le trouver en train de deviser de questions hautement théologiques avec les prêtres d'Israël...

Marie rit aux éclats et il s'esclaffe aussi en repensant à la tête de ses parents quand ils l'avaient découvert, lui, le petit campagnard de Galilée, en si docte compagnie. Il se demande maintenant ce qui lui était passé par la tête. Il n'avait alors aucune idée de ce que lui réserverait l'avenir. Il se souvient seulement qu'il s'intéressait au mystère de la foi. Il voulait comprendre sur quels fondements reposaient les Lois hébraïques. La vérité sous-jacente qu'elles révélaient et à laquelle elles obéissaient.

À la même époque, son père l'avait formé au métier de charpentier, qu'il avait exercé à ses côtés jusqu'à sa trentième année. À la mort de Joseph, il avait décidé de cesser cette activité et fait le choix de rester célibataire, non qu'il condamne le mariage ou la sexualité mais, simplement, pour prendre ses distances avec la conception juive traditionnelle qui entendait qu'un homme s'attache à une femme pour procréer, explique-t-il à la jeune femme. Il sentait qu'une autre mission lui était assignée : celle d'annoncer le Royaume de Dieu, la Bonne Nouvelle de l'avènement de la puissance divine sur terre. Depuis lors, les contours de cette mission s'affinent au fur et à mesure qu'il la conduit au contact de la population et des événements que sa vie traverse, sans qu'il prémédite la façon dont elle doit être menée. Il lui fait cet aveu en forme de caresse : c'est dans ses yeux, à travers le miroir qu'elle lui tend, qu'il comprend chaque jour un peu mieux ce qui lui est donné de vivre. Il a besoin de son regard de femme, d'amie et de confidente privilégiée pour se construire et bâtir le grand œuvre que Dieu lui a dévolu. La présence de Marie à ses côtés n'a rien de fortuit. Comme lui, il la sait missionnée par le Très-Haut.

À son tour, elle lui relate Béthanie, le milieu aisé au sein duquel elle a grandi, entourée de ses parents, de sa sœur Marthe et de son frère Lazare. Elle évoque la banalité de son existence. L'ennui et la monotonie étouffante des jours dont chacun autour d'elle semblait se satisfaire. Son choix, similaire à celui de Jésus mais répondant à des considérations beaucoup plus égoïstes, de ne pas se marier pour vivre libre, selon ses propres codes. Elle retrace sa fuite de la maison familiale, son arrivée à Magdala, les illusions longtemps poursuivies dans ce lieu de perdition où elle était si sûre pourtant de gagner sa liberté. Inutile de s'appesantir sur ce passé négatif. Aujourd'hui qu'elle a quitté cette ville, elle savoure la grâce de l'instant et le pur bonheur d'être auprès du seul homme à la hauteur du flot d'amour et de tendresse dont son cœur déborde.

Quels sentiments nourrit-elle à l'égard de Jésus ? Son visage fin et allongé, ses cheveux charbon, ses yeux perçants le rendent irrésistible. Grand, le corps musclé et fuselé, il a une stature impressionnante d'où se dégage une force tranquille. Elle ne saurait être insensible à son charisme magnétique. Quand, lors de ses prêches, ses bras s'animent pour scander sa parole dans une gestuelle étudiée, comment Marie ne rêverait-elle pas de venir s'y blottir ?

Cependant, elle sait que le Maître n'est pas un cœur à prendre mais à recevoir. Son amour est si vaste qu'il ne saurait se donner à une seule femme. Il l'offre à toutes et à tous sans exception.

Elle a tiré un trait sur son ancienne vie. Pour autant, a-t-elle fait le deuil des hommes ? Durant toutes les années passées à Magdala, elle n'a que trop connu la tension charnelle obsédante. L'avidité et la dévoration que la passion sous-tend. Elle s'est perdue dans ces relations fusionnelles jusqu'au vertige. La pulsion sexuelle assouvie, la frustration et le manque demeuraient. Elle a décidé de stopper cette course sans fin. L'envie de rencontrer l'âme sœur la tenaille encore mais, en attente du sublime, elle refuse par avance ce qui ne peut que la décevoir. Sous les braises de cet ancien désir couve un Désir infiniment plus prometteur que les plaisirs fugaces qui l'ont éloignée d'elle-même. Il lui faut canaliser son énergie pour l'orienter vers l'Absolu auquel elle aspire.

Si elle reste femme, s'il y a encore beaucoup d'éros dans l'élan qui la porte vers Jésus, elle est consciente de devoir réinterpréter le sentiment amoureux qui la pousse à vouloir le posséder pour appréhender une autre dimension de la relation, plus subtile, et communier différemment avec cet homme. Par l'esprit. Explorer ce pan de l'amour fondé sur l'écoute, le dialogue, le partage, la solidarité, la tendresse, le don de soi, empreint de pure bénévolence, qui consiste à conduire l'autre à son meilleur, vers la part la plus lumineuse de lui-même. L'abstinence n'est pas un effort, c'est un chemin. Elle est en marche.

En aimant Marie inconditionnellement, avec ses forces et ses faiblesses, comme il aime tous ceux qui viennent à lui, Jésus lui a appris à aimer la personne qu'elle est en vérité. À présent, elle doit dépasser l'ego pour tourner son regard vers son prochain et l'aimer comme soi-même. Patience, à son contact, une nouvelle femme est en train de naître.

Marie est belle et désirable. Jésus est un homme. Il est ému par sa splendeur physique mais le regard qu'il pose sur elle n'est souillé d'aucune concupiscence. S'il a choisi le célibat, c'est parce que, très tôt, il a su transcender le sentiment amoureux qui l'aurait porté vers un être singulier et préférentiel pour mieux déployer son amour sur tous les êtres qu'il embrasse dans un même élan universel, gratuit et transcendant.

Jour après jour, le Maître et ses disciples marchent sur les routes enfiévrées de soleil. De place en place, les foules sont toujours plus nombreuses à l'entourer. À chaque étape, se reproduit le même spectacle : dès qu'ils apprennent sa présence, les villageois cessent leurs activités sur-le-champ et accourent de partout pour l'écouter. Entre voisins, on s'interpelle, on crie : « Le Messie est parmi nous ! » S'ensuit une bousculade insensée. Chacun se précipite, désireux de l'approcher. Bientôt, un attroupement se forme. Une assemblée compacte encercle déjà

Jésus quand arrivent les malades et les infirmes, certains portés sur des brancards, d'autres à demi moribonds se traînant douloureusement sur leurs béquilles. La population attend qu'il accomplisse les signes dont on parle dans toute la Galilée.

Bien que ce scénario soit immuable, Marie observe ces scènes avec toujours autant d'ébahissement : Jésus aimante les gens. Un peu en retrait, elle écoute ses prêches dont la teneur varie au gré de leurs pérégrinations. Pour être compris, il s'adapte à son auditoire. Elle admire sa capacité à s'emparer d'un événement, d'un mot, d'un geste saisi au vol pour composer de petites fables qui résonnent dans le cœur du public. Grâce à ces paraboles au plus près du vécu des paysans, ce conteur hors pair les amène à s'identifier aux personnages en vue d'une transformation individuelle radicale. Marie remarque que nombre de ces récits sont construits autour de la nature. Saisons, semailles, récoltes, moissons, vendanges sont au centre d'histoires symboliques d'où ressort une morale susceptible de s'appliquer à la vie personnelle de chacun. Il émaille ces narrations d'allégories poétiques pour qu'elles s'impriment dans les consciences.

Il évoque également les conflits familiaux et met en lumière les jalousies, disputes, amertumes, récriminations qui couvent au sein du foyer pour que ses auditeurs apprennent à les lire différemment. Il en va ainsi de cette parabole, chère à Marie, relatant le retour au foyer d'un fils après qu'il a dépensé durant des années l'héritage donné par avance par son père à sa demande.

Ce dernier l'accueille à bras ouverts tandis que son frère, resté à la ferme pour l'aider dans son labeur, s'offusque qu'on fête l'aîné, arguant de l'ingratitude paternelle à son propre égard. Toutefois, l'amour du père pour le cadet modèle est acquis et demeure inchangé quelle que soit sa joie de retrouver le fils perdu. À travers cet épisode, Marie comprend que Jésus cherche à traduire l'amour du Père céleste à l'égard du pécheur repenti lorsqu'il revient vers Lui. Partant d'une banale querelle et du sentiment d'injustice si souvent éprouvé par un membre de la famille, il invite à dépasser ce mouvement naturel de colère pour appréhender ce qui se joue dans le retour de l'aîné et illustrer au sein d'un même récit l'importance du repentir et de la conversion ainsi que l'incommensurable miséricorde de Dieu.

Lorsqu'elle l'a entendue, elle s'est aussitôt identifiée à ce fils prodigue dont Jésus parlait. Cela fait si longtemps qu'elle est partie de chez elle sans avoir jamais expliqué son geste ni donné de nouvelles à ses proches. Que diraient les siens si elle rentrait aujourd'hui ? Que penseraient Marthe et Lazare de ce retour inopiné quand eux-mêmes ne se sont sans doute jamais autorisés à quitter Béthanie ? Elle aimerait tant les revoir mais elle craint leur réaction. Cette parabole ne cesse de la hanter : si Jésus lui a pardonné ses fautes, sa famille témoignerait-elle de la même mansuétude ?

À force de l'écouter prêcher, Marie sait combien le Maître aime manier le paradoxe. Quelques jours plus tôt, il a gravi une montagne surplombant la rive nord du lac de Tibériade. Arrivé au sommet, il s'est assis par terre pour prononcer un étrange discours face à une foule de païens restés en contrebas, quelque peu choqués par ses propos iconoclastes. « Heureux ceux qui ont un cœur de pauvres », « Heureux ceux qui sont dans le deuil », « Heureux ceux qui sont persécutés », leur a-t-il notamment lancé, sous-entendant que cette fragilité les poussait justement à chercher une aide en Dieu qui, toujours, s'abaisse vers le faible pour le relever. En affirmant cela, il les invitait à ouvrir une brèche en eux afin qu'Il puisse s'y introduire. Le Seigneur les aimait sans condition. Leur salut ne dépendait que de l'accueil qu'ils Lui faisaient.

Plus l'homme apparaît misérable aux yeux de ses pairs, plus il est aimé du Très-Haut, en a conclu Marie. Au contraire, la pleine santé, la richesse, l'appartenance à une élite sociale sont autant de freins pour entrer dans le Royaume. Cet enseignement la comble, elle, l'ancienne réprouvée.

Elle découvre que Jésus a plus d'un tour dans son sac pour faire passer son message. Rompu à l'art de la rhétorique, au détour de métaphores volontairement outrancières et déconcertantes, il aime poser des énigmes à ses interlocuteurs. Pour les contraindre à se défaire de leurs préjugés, il déroule lentement le fil discursif contradictoire qu'il leur tend. Un brin provocateur, il va parfois jusqu'à se moquer gentiment de ceux qui l'écoutent. Cet humour n'a d'autre but que de remettre en cause leur raisonnement matérialiste pour les renvoyer à une tout autre logique, celle de la vérité suprême à laquelle il les appelle.

Marie s'amuse des mines déconfites des villageois, conquis mais désorientés par cette dialectique tout à fait inhabituelle. Il faut voir leurs têtes, lorsque, à bout d'arguments, le Maître s'enflamme et les vilipende à l'image du Baptiste. Malheur à tous ceux dont la destinée sur terre est plaisante ou enviable ! L'homme libre appartient à Dieu seul et non pas à l'argent qui installe le nanti dans l'immédiateté et les plaisirs sans autre espoir que d'amasser des biens tandis que la charité divine est gratuite, dont la plus grande est la vie éternelle. Il importe donc de s'enrichir en servant le plan du Très-Haut pour vivre en ce monde selon les promesses de l'éternité. De même, malheur aux tièdes qui croient pouvoir se mettre en règle avec Dieu par la stricte obéissance dogmatique, tels les scribes et les pharisiens ! Le Seigneur n'a que faire de leurs pitoyables pantalonnades. Il veut pénétrer et habiter le cœur des hommes. Y régner en maître absolu. Rien de moins.

Marie s'émerveille de l'autorité de Jésus. Il pardonne les péchés, accomplit des prodiges, renverse la Loi hébraïque et n'hésite pas à promulguer une Loi parfaitement inédite en son propre nom. Il se proclame « Fils de l'Homme », en référence à Daniel qui avait prédit la venue d'un Messie dénommé ainsi. Il annonce le Royaume de Dieu, déjà à l'œuvre par son action. Là où les prophètes avant lui, en premier lieu Moïse, n'avaient été que des intermédiaires entre le Tout-Puissant et les hommes, il semble sous-entendre qu'il descend de Dieu auquel il s'identifie, bien qu'il préfère laisser ses interlocuteurs reconnaître son identité divine sans la déclarer clairement.

Marie sait qu'il ne veut pas choquer les foules. Il s'adresse à de petites gens, incapables de saisir une telle révélation qui va à l'encontre de tout ce à quoi ils ont toujours cru. Pour autant, son comportement et ses paroles infèrent qu'il est bien plus qu'un simple prophète. La jeune femme n'a aucun doute à son sujet : il est le Fils de Dieu. Ne l'a-t-elle pas entendu l'appeler *Abba*[1] en levant les yeux vers le ciel ? Cette évidence ne cesse de l'éblouir.

1. Père.

IV

Le soir venu, quand Jésus et ses disciples n'ont pu rejoindre une ville ou un village, la petite troupe se trouve contrainte de dormir à la belle étoile. On se rassemble alors autour d'un feu et, avant de se restaurer des mets glanés durant la longue marche diurne à travers la campagne ou offerts par quelques paysans, chacun récite la prière que le Maître leur a enseignée :

« Notre Père qui es dans les cieux,
que ton Nom soit sanctifié,
que ton règne vienne,
que ta volonté se fasse
sur la terre comme au ciel.
Donne-nous aujourd'hui le pain qu'il nous faut ;
pardonne-nous, toi, nos dettes,
comme nous l'avons fait pour ceux qui nous doivent,
et ne nous laisse pas tomber dans la tentation,
mais délivre-nous du Mauvais. »

On partage ensuite le butin du jour : pain, vin, fromage, figues, baies, noix...

Après le dîner, au grand dam de certains membres du groupe qui en prennent ombrage, Marie et Jésus ont l'habitude de se mettre à l'écart pour deviser. La jeune femme est avide de comprendre le message du Maître. Après l'avoir écouté prêcher, elle médite ses paroles, ressassant inlassablement le mystère qu'elles contiennent pour mieux se l'approprier. Leur profondeur ne cesse de la subjuguer. Lorsqu'elle croit en avoir saisi tout le sens, une nouvelle interprétation s'offre à elle, puis une troisième... Elle sait qu'elle peut creuser indéfiniment. Derrière les mots, les phrases, les images métaphoriques, se cache un symbolisme inépuisable.

Elle n'hésite pas à interroger Jésus sur tel ou tel point du prêche donné plus tôt dans la journée ou la veille. Il ne répond jamais directement mais lui tend des pistes de réflexion afin qu'elle découvre elle-même le sens de son récit et que ce sens chemine en elle pour donner naissance à d'autres acceptions, toujours plus fines et nombreuses. Chaque individu accède aux paroles qu'il prononce selon sa propre histoire et sa grille de lecture de la vie. Leur caractère universel permet de les interpréter à travers un prisme personnel qui les fait résonner à l'intérieur de soi.

En revanche, lorsqu'elle le questionne sur sa méthode, il accepte d'être plus disert. Marie est une femme intelligente. Jésus s'adresse à une interlocutrice de choix, capable d'appréhender les subtilités de son discours.

Il apprécie sa curiosité d'esprit. Sa foi nécessite d'être nourrie. C'est pourquoi leurs discussions prennent souvent la forme d'un enseignement.

Il lui explique que pour se rapprocher des gens, il emploie sciemment le langage qui est le leur – l'araméen, celui du peuple – et qu'en outre, il s'efforce de leur parler d'eux-mêmes. Ce faisant, il part de l'univers visible : ce qui se montre à eux dans cette extériorité du monde qu'ils assimilent au seul véritable réel puisqu'il a toujours été l'unique objet de leur savoir. Pour autant, derrière la surface apparente des choses, il vient affirmer qu'une autre réalité existe, cachée, secrète, celle que Dieu voit en sondant leur cœur. Dès lors, à la parole « mondaine », langage de tous les jours décrivant la vie de tous les jours, il substitue une autre parole, inarticulée, fondée sur la manière dont s'éprouve cette vie en eux-mêmes dans les mille tonalités où elle se livre jour après jour. Il souhaite ainsi mettre en lumière cette parole de vérité parfaitement infalsifiable et créatrice qui s'engendre elle-même dans une autorévélation permanente. Cette Parole de Vie, éprouvée et invisible, n'est autre que celle de Dieu. Jésus, qui proclame être Son Verbe, a pour mission de la dévoiler à ses contemporains afin qu'elle soit entendue de tous.

Les yeux mouillés d'émotion, tendue sur ce qu'il lui explique, Marie prend conscience que, pour approcher le Très-Haut, elle doit apprendre à dialoguer avec son intériorité, ce lieu privilégié où, précisément, la vie s'éprouve et s'autorévèle au-dedans d'elle-même. Elle perçoit qu'au sein de ce dialogue intime et permanent, l'homme et Dieu deviennent alliés et cocréent au sein de la Création.

Une nuit, alors que tout le monde dort dans le camp de fortune dressé à l'orée du bois où la troupe s'est installée, elle ne parvient pas à trouver le sommeil. Allongée sur le dos, elle contemple la Voie lactée. Poésie de ces instants de méditation silencieuse en communion avec l'immensité. Le ciel temporairement éteint semble percé de myriades de petits trous par lesquels passe la lumière, comme si au plus profond des ténèbres demeurait toujours un scintillement auquel se raccrocher.

Elle repense à l'existence qu'elle menait à Magdala. Sa vie s'est si longtemps éloignée de la route juste. La seule qui mène à soi et donc à Dieu qui vit en soi, songe-t-elle. Au cœur des ténèbres de Marie, Jésus a creusé une brèche pour s'insinuer et rallumer l'étincelle. Depuis qu'il l'a pardonnée, elle pose un œil neuf sur ses erreurs passées. C'est grâce à la blessure qu'elles lui ont causées qu'il a pu entrer en contact avec elle. Tout est clair à présent. L'échec, la tristesse, le vide qu'elle ressentait si amèrement jadis lui ont ouvert la voie. Il est venu pour inverser l'enchaînement des causes et des conséquences mortifères et ranimer la vie. Il l'a rendue libre de vivre ce qu'elle voulait vivre en lui indiquant le chemin de la joie. Celle qu'elle éprouve aujourd'hui à ses côtés est le critère ultime auquel il lui faut se fier pour tracer sa trajectoire. Non pas le plaisir, le désir ou l'excitation mais la joie pure et spontanée d'être au monde. D'inscrire sa trajectoire en confiance au sein de cette Vie en lettres capitales qui la traverse. La jeune femme doit apprendre à écouter ce qui la provoque, la maintient, la fait croître car la joie et Dieu ne font qu'un.

Bercée par la respiration calme et régulière de Jésus étendu non loin de là, elle ferme les yeux pour accueillir le souffle magistral dont il est porteur. À travers son inspire-expire, elle en est sûre, le Maître fait déferler le grand vent de l'amour sur le monde.

Son commandement essentiel n'est-il pas d'aimer ? Chacun de ses prêches appelle les hommes à déployer leur amour sur les autres. Il est venu pour supprimer l'ancienne Loi du talion qui prescrivait : « Œil pour œil, dent pour dent » et la remplacer par cette exhortation révolutionnaire : « Aimez vos ennemis et priez pour ceux qui vous persécutent. » Son message peut se résumer à cet unique précepte : aimer son prochain comme soi-même et, plus encore, l'aimer même quand il est un ennemi.

Marie réfléchit. Elle n'a jamais éprouvé de haine envers quiconque. En revanche, à Magdala, elle a connu la colère, la rancœur, la frustration vis-à-vis de nombre de ses amants qui n'ont pas su lui témoigner en retour les sentiments qu'elle leur portait.

Depuis qu'elle a tout quitté pour suivre Jésus, elle s'efforce de mettre en pratique cette recommandation de Jésus : « Ne jugez pas et vous ne serez pas jugés. Car vous serez jugés de la même façon que vous jugez les autres, et la mesure que vous utiliserez servira aussi pour vous. » Elle s'étonne à présent de n'avoir aucun ressentiment à l'égard de ceux qui lui ont fait du mal. Elle se souvient de tous les amants qu'elle a serrés dans ses bras. Certes, ils l'ont peu ou mal aimée mais, malgré leurs carences, elle les embrasse dans un même élan compassionnel. Elle prie pour qu'ils connaissent un jour la grâce d'aimer telle que le Maître l'enseigne et comme elle tente de le faire depuis qu'il lui a indiqué le sésame qui ouvre à la vraie vie : aimer l'autre pleinement, inconditionnellement, incommensurablement.

Tout à l'heure, alors que les Douze et les autres fidèles marchaient derrière leur guide spirituel et que certains d'entre eux se plaignaient de la fatigue et de la chaleur, ce dernier s'est arrêté quelques instants sur le bas-côté pour les encourager.

– Vous êtes le sel de la terre, vous êtes la lumière du monde !

Puis, il leur a expliqué que ce sel devait garder son goût relevé sinon il ne servait à rien. Que cette lumière n'était pas destinée à être cachée sous un meuble mais à briller devant les hommes pour qu'ils rendent grâce à Dieu.

Sa mise au point a fait mouche. Plus personne n'a osé se plaindre et le cortège a repris sa route en silence, remâchant les paroles qu'il venait de prononcer.

Marie aimerait tant être à la hauteur de cet idéal… Il lui faut accepter de renverser de fond en comble le système de valeurs qu'elle a toujours connu. Ce chamboulement affecte autant l'ordre social établi – privilégier le faible sur le puissant, le pauvre sur le riche – que religieux, car Jésus n'hésite pas à enfreindre les préceptes de la Loi hébraïque pour ouvrir une nouvelle ère. Désormais, face à l'offense, il ne s'agit plus de répondre par l'offense mais, au contraire, de s'interdire le mouvement naturel premier qui incline à riposter. Et, pour plaire à Dieu, en toutes circonstances, opposer la douceur à la violence, le bien au mal. « Être la lumière du monde » suppose un bouleversement intérieur et appelle à un authentique dépassement de soi. Si elle y travaille, elle se sent encore bien loin d'avoir atteint la perfection que Dieu attend d'elle et de tout homme.

V

Aujourd'hui, Jésus et ses disciples déjeunent dans la maison de Simon-Pierre à Capharnaüm. Ils sont si nombreux que la pièce qui les accueille peine à tous les contenir. Pour gagner de la place, ils se sont assis en rond autour du Maître. Soudain, fendant la foule compacte des badauds massés devant la demeure, un homme tambourine à la porte pour annoncer que la mère et les frères de Jésus demandent instamment à le voir. Fils unique, ce dernier n'a pas de frères biologiques. En réalité, sa mère est escortée de ses cousins, venus spécialement de Nazareth pour s'entretenir avec lui.

Les membres de sa famille ont été fortement échaudés par un épisode qui s'est déroulé quelques mois plus tôt alors qu'il était allé leur rendre visite dans la ville de son enfance. Le jour du shabbat, lors d'une lecture qu'il avait commentée devant les siens et les villageois à la synagogue, il avait fait comprendre à son auditoire qu'il n'était pas le Messie politique annoncé par Isaïe, attendu par le peuple pour relever Israël. Furieux, les habitants l'avaient malmené, menaçant de le précipiter dans un gouffre situé non loin de là. Fort heureusement, il avait réussi à leur échapper. Depuis cet événement, ses proches le traitent d'imposteur et de fou. Il sait très bien pourquoi ils sont là. Inquiets de le voir continuer à prêcher, ils viennent en délégation pour tenter de le ramener à la raison.

Laissant les siens sur le seuil de la porte, il n'entend pas s'en laisser conter.

– Qui est ma mère et qui sont mes frères ? demande-t-il sans même se lever.

Puis, il promène son regard sur l'assemblée et déclare :

– Vous voyez là ma mère et mes frères. Celui qui fait la volonté de Dieu, c'est lui qui m'est un frère, une sœur ou une mère.

Sur le moment, Marie ne comprend pas qu'il n'aille pas ouvrir aux siens. Combien ses paroles lui paraissent dures à leur encontre… Renie-t-il sa famille ? Sa propre mère ? On lui a relaté ce qui s'était passé à Nazareth et, en réponse à la fureur collective, les mots qu'il a prononcés : « En vérité, je vous le dis, aucun prophète n'est bien reçu dans sa patrie ! » Mais elle s'interroge : lui qui commande à chacun d'aimer son prochain comme soi-même, se peut-il qu'il garde tant d'aigreur envers ses proches ?

Durant toute la journée, interloquée par sa réaction, elle reste muette, comme absente à elle-même. La nuit n'apporte pas de réponses aux questions qui tournent dans sa tête.

Au matin, tandis que le groupe se remet en route et que Jésus prend la tête du cortège, elle accélère le pas pour le rattraper et cheminer à ses côtés.

Il perçoit son malaise, conscient que son comportement de la veille peut légitimement paraître paradoxal à son amie. Il lui explique qu'il ne désavoue en rien sa famille terrestre. Contrairement à ce qu'elle croit, il n'y a aucune colère en lui. Simplement, il sait d'avance qu'il est inutile de discuter avec les siens. Il n'est pas l'envoyé qu'ils attendent. Il le leur a dit ; ils n'ont pas voulu l'entendre. Aux antipodes du Messie temporel qu'ils espèrent pour rétablir Israël, il est venu pour annoncer le Royaume de Dieu auquel, d'ores et déjà, il participe et s'assimile par les actions qu'il mène. Personne, pas même ses proches, ne doit l'empêcher d'accomplir sa tâche. C'est ce que son comportement signifiait hier. Par ses mots, il a voulu amener les disciples à réaliser qu'ils étaient eux aussi fils de Dieu. Comme tous les hommes, ils sont les enfants bien-aimés du Père. Dès lors, accomplir Sa volonté s'impose à eux, non pas comme un impératif dénué de sens, mais comme un élan irrésistible du cœur. Il répète à Marie qu'à ses yeux, celui qui se fait le bras de Dieu est comme un frère, une sœur, une mère pour lui.

En cet automne de l'an 3792[1], bientôt Jésus a l'occasion d'illustrer la primauté qu'il accorde à sa mission sur toute autre considération tandis qu'accompagné de

1. An 31 de notre ère.

ses disciples, il rejoint Jérusalem pour la fête de Roch Hachana, le Nouvel An juif. À peine arrivé sur place, le groupe passe devant la piscine de Bethesda où de nombreux malades sont étendus sous les cinq arcades qui l'encadrent. Ce lieu est empreint de mystère. La croyance populaire affirme que l'ange du Seigneur fait parfois bouillonner l'eau. Il s'agit d'un bassin de rétention permettant de drainer la pluie qui dévale abondamment de la côte en cas d'orage, l'endroit étant en contrebas. La tradition allègue que lorsque les eaux se déversent par saccades, celui qui, le premier, parvient à descendre dans la piscine est guéri. Or, parmi la cohorte des prétendants à la guérison miraculeuse, Jésus s'émeut du sort d'un paralytique qui attend là depuis fort longtemps. Ne pouvant se jeter seul dans la piscine quand l'eau bouillonne, un autre malade lui vole à chaque fois son tour. Ainsi n'a-t-il aucune chance de bénéficier des prétendus bienfaits de la source.

– Lève-toi, prends ton brancard et marche, lui ordonne le Maître.

Au même moment, l'homme s'exécute et Marie constate qu'il repart sur ses deux pieds. La nouvelle se propage aussitôt dans la ville. Qui donc a osé guérir un invalide un jour de shabbat ? Interrogé, le miraculé répond qu'un certain Jésus l'a rendu valide. La rumeur gronde, les Juifs sont hors d'eux.

– Mon Père est encore au travail, alors moi aussi, je travaille, répond-il calmement à ses accusateurs.

Non seulement il s'est permis de violer le repos du shabbat mais, en appelant Dieu son propre Père, il se fait son égal. Cette double transgression attentatoire à la Loi hébraïque rend fou de rage les sadducéens, membres de l'aristocratie sacerdotale du Temple, et les pharisiens, si attachés au dogme et au respect du rite. Ce n'est pas la première fois que Jésus, en paroles ou à travers ses actes, remet en cause l'autorité des premiers et des seconds. À ses yeux, loin d'annoncer le Royaume de Dieu, les grands prêtres et leurs sympathisants ne servent que leurs propres intérêts. Ce sont des opportunistes qui, pour conserver leurs privilèges, collaborent outrageusement avec l'occupant romain. Quant aux pharisiens, Jésus leur reproche leur hypocrisie. Derrière leur foi exubérante, combien de bassesses et de compromissions… En outre, leur excès de formalisme réduit la Loi de Moïse dont ils se proclament les seuls interprètes à un ensemble de prescriptions creuses qui empêchent leurs contemporains d'accéder au vrai Dieu.

On ne compte plus les fois où les uns et les autres, inquiets de son succès grandissant en Galilée, ont envoyé sur le terrain des hommes issus de leurs rangs pour rendre compte à leur hiérarchie de ce qui s'y déroulait. Ces derniers ont vu les foules en liesse qu'il déplace partout où il se rend et l'autorité avec laquelle il se permet de mettre à mal le dogme. Le Baptiste, emprisonné depuis des mois par Hérode Antipas dans la forteresse de Macheronte, a été mis hors d'état de nuire. Las, c'est à son successeur, autrement plus coriace, qu'ils ont maintenant affaire.

Témoin de cette nouvelle altercation, Marie s'affole mais Jésus laisse vociférer ses détracteurs sans se démonter.

– Je ne peux rien faire de moi-même, mais je juge selon ce que j'entends, et mon jugement est juste parce que je ne cherche pas ma volonté, mais la volonté de Celui qui m'a envoyé, l'entend-elle déclarer sentencieusement.

Et d'ajouter :

– Je ne cherche pas une gloire humaine. Mais je sais qu'il n'y a pas d'amour de Dieu en vous, car je suis venu au nom de mon Père et vous ne me faites pas accueil.

Au contraire des Juifs qui critiquent ses propos et sa conduite considérée comme scandaleuse, la jeune femme n'est pas surprise qu'il se présente comme le Fils du Père. Depuis les explications qu'il lui a données sur la route au lendemain de la visite manquée des siens à Capharnaüm, elle a compris qu'il représente le modèle des enfants de Dieu. Les hommes doivent contempler le Père en nouant une relation personnelle avec Lui pour qu'Il leur enseigne ses œuvres. En croyant en son Fils et en l'honorant, ils se montrent dignes de la confiance que le Seigneur place en eux.

Toutefois, elle tremble de ce qu'il ose affirmer avec autant d'aplomb. Ses adversaires se font de plus en plus menaçants. Elle l'implore de ne pas s'attarder à Jérusalem où, plus encore qu'ailleurs, il est en danger. Sa fureur lorsqu'il a chassé les marchands du Temple et son impudence face aux autorités en place ont marqué les esprits. Le monde religieux est en émoi. Il est ici *persona non grata.*

VI

Ce soir, on célèbre l'anniversaire d'Hérode Antipas qui fête ses cinquante ans. Courtisans, hauts gradés, aristocrates de tous bords se pressent auprès du monarque.

Invitée à la cérémonie, Jeanne, l'amie si chère de Marie, délaissée à regret lorsqu'elle a quitté la cour pour suivre Jésus, a revêtu pour l'occasion une splendide tunique couleur safran. Fardée et parée de ses plus beaux bijoux, elle monopolise l'attention jusqu'à ce que Salomé, la fille d'Hérodiade, née de sa première union avec Philippe, entre en scène et la détrône.

Vêtue de sept voiles de différentes couleurs savamment superposés, radieuse, elle jouit de sa position centrale. À l'instar des autres hommes de l'assemblée, Hérode est sous le charme de l'adolescente qu'il dévore des yeux sans retenue d'autant que son épouse est absente. Prétextant un malaise, elle a fait dire par sa servante qu'elle gardait le lit.

La nourriture et le vin abondent. Présentés avec art sur des plateaux, les mets délicats aux goûts les plus inattendus – mélanges sucrés-poivrés ou fortement épicés – sont servis tour à tour aux convives par des esclaves affairés. La démesure du banquet atteste du pouvoir du tétrarque.

Étendu sur l'un des nombreux divans de la grande salle où chacun a pris place, une coupe de vin à la main, il s'adresse à la jeune fille, tout émoustillé :

– Belle Salomé, accepterais-tu de danser pour moi ?

– Avec joie mais à une condition.

– Laquelle, mon enfant ?

– Que tu exauces le vœu de mon choix.

– Bien sûr, que veux-tu ?

– C'est un secret. Je te le dirai après le spectacle…

Le monarque éclate de rire :

– Tu es si magnifique que je ne peux rien te refuser !

– Ai-je ta parole ?

– Je te le promets !

Le plan qu'ont élaboré clandestinement Salomé et sa mère semble se dérouler à merveille. La jouvencelle l'applique point par point.

Tandis que deux esclaves apportent un sanglier rôti sur un immense plateau, mutine, elle se place en face d'Hérode Antipas, plante son regard dans le sien et claque dans ses doigts pour faire signe aux musiciens de jouer. Lentement, son corps s'éveille au son grave et doux de la cithare. Ses hanches ondulent lascivement dans un balancement hypnotique qui contraste avec la chasteté de ses mains jointes en prière devant sa poitrine. À intervalle régulier, le tambour et les cymbales viennent casser l'ondoiement voluptueux qui se meut alors en un va-et-vient saccadé des plus suggestifs.

Les yeux rivés sur Salomé, le tétrarque n'est que braise. Le sourire aux lèvres, fière et frondeuse, elle détache un premier voile, bleu, qui glisse délicatement au sol puis, s'approchant un peu plus près du maître des lieux, un second, de couleur blanche, qu'elle fait tomber à ses pieds. Ses bras, désormais découverts jusqu'aux épaules, entament une danse serpentine tandis que le bassin poursuit son oscillation souple et sensuelle. D'un geste aérien, elle enlève l'un après l'autre les deux voiles qui masquent son buste pour laisser apparaître ses seins bandés par un tissu doré et son ventre arrondi dont le nombril s'est ennobli d'un diamant étincelant.

Lorsque la flûte de pan s'invite, le chaloupé langoureux du corps se met au diapason de la mélopée entêtante. Tout à coup, le rythme s'accélère. Endiablée, la jeune fille tournoie et virevolte sur elle-même. Le bout de ses voiles ceints autour de sa taille effleure le visage cramoisi du monarque au comble de l'extase. Avec hardiesse, elle en retire un, puis deux, découvrant ses jambes fuselées et ses pieds cerclés de bracelets de cuivre. Ne reste plus qu'un foulard, rouge passion, accroché au pagne qui dissimule ses parties intimes… Immobile, elle patiente, un sourire de triomphe sur les lèvres, avant de le libérer pour l'offrir à son père d'adoption.

Des cris et des hourras accueillent la fin de sa prestation. Presque nue, elle salue sous un tonnerre d'applaudissements tandis qu'une servante lui tend un manteau qu'elle enfile prestement.

– Ma beauté, mon étoile, mon amour... Tu es divine ! Dans tout le royaume, personne ne danse aussi bien que toi ! Maintenant, dis-moi, quel est ce vœu que tu gardais secret ?

L'œil enfiévré de Salomé toise Hérode Antipas. Elle garde le suspense quelques instants puis s'exclame :

– Je veux la tête de Jean le Baptiste !

Comprenant la manigance dont il est victime, le monarque blêmit. Hérodiade s'est servie de Salomé pour fomenter sa vengeance contre l'ermite détenu depuis des mois dans ses geôles et contraindre son mari à le faire exécuter. Quel plan machiavélique ! Intérieurement, il crépite. Sa colère est à la hauteur de l'odieux piège que lui ont tendu son épouse et sa fille mais peut-il se dédire, lui qui a donné sa parole en public ? La mort dans l'âme, il ordonne la décapitation de Jean.

Une demi-heure plus tard, on apporte sur un plateau la tête ensanglantée du Baptiste à Salomé. Le tétrarque a honoré sa promesse. Elle en prend acte et, sans un mot, se retire.

La fête est finie. Les musiciens se hâtent de quitter les lieux, laissant place à un silence de plomb. Médusée, l'assistance détourne les yeux de ce tableau macabre. Le malaise est palpable. Cependant, personne n'ose critiquer la décision d'Hérode dont chacun sait par quel coupable procédé elle lui a été arrachée.

Une sueur poisseuse inonde le corps de Jeanne qui peine à contenir sa nausée. La tête lui tourne, deux gros poings semblent marteler ses tempes. Brusquement, sa vue se trouble, tout est blanc autour d'elle et ses oreilles bourdonnent. D'un bloc, elle s'effondre.

Elle se réveille dans le lit conjugal, le visage de son mari penché sur le sien. Les sels qu'il passe et repasse sous son nez lui piquent les yeux. Elle arrête sa main pour lui indiquer qu'elle a repris conscience. Aussitôt, la scène traumatique lui revient en mémoire. Les images tournent en boucle : la tête sanguinolente du Baptiste, ses yeux exorbités, le filet écarlate suintant du plateau, les éclaboussures au sol.

Blottie dans ses bras, elle pleure sans pouvoir s'arrêter. Dans un geste maternant, il lui caresse doucement les cheveux et tente de la réconforter :

– N'y pense plus… C'est fini, calme-toi…

Éperdue, elle lève les yeux vers lui.

– Je ne supporte plus ce climat de haine dans lequel nous baignons. Je veux partir.

– Je suis l'intendant d'Hérode, mon amour, ma place est auprès du monarque, je ne peux quitter la cour.

– Je suis en train de perdre la raison ici. Derrière chaque porte se cache un assassin. Ces gens me rendent folle !

– Tu exagères…

– Enfin, regarde tous ces ego gonflés de prétention qui nous entourent. Pas un qui ne rêve de prendre la place du tétrarque. Ils poursuivent des ambitions bassement humaines quand le Baptiste nous exhortait à accueillir une réalité supérieure. Ils l'ont tué, te rends-tu compte ? Quel était donc son crime sinon d'avoir osé nous parler de Dieu ? Un Dieu que nous avons tous rayé de nos vies pour nous vautrer dans la luxure comme des cochons dans la fange !

– C'est horrible, je reconnais qu'il ne méritait pas ce sort mais pour un peu, on croirait qu'en tenant ces propos, tu veux le remplacer…

– Écoute, le départ de Marie-Madeleine m'a laissée inconsolable. Tu sais combien je lui en ai voulu de m'avoir abandonnée. Maintenant, je ne lui en tiens plus rigueur. Elle avait compris bien avant moi que sa place n'était plus à la cour mais auprès du Messie que nous a annoncé le Baptiste. Je dois la rejoindre de toute urgence. Il est temps pour moi de changer de vie. Comme elle, je veux connaître Jésus, l'accompagner sur les chemins de Palestine et l'aider de mon mieux à accomplir sa mission.

VII

Depuis cet épisode sanglant, les mois ont passé. Jeanne est venue grossir les rangs des disciples de Jésus. Un soir, Marie l'a vue arriver parmi eux alors qu'après les difficultés rencontrées en Judée, tout particulièrement à Jérusalem, ils étaient de retour sur les terres galiléennes ; elle n'en a pas cru ses yeux. Elle se souvient de la joie qui s'est emparée d'elle lorsqu'elle a compris que son amie les rejoignait. Elle lui a sauté au cou et longtemps, elles sont restées serrées l'une contre l'autre. Puis, elle l'a présentée à Jésus qui, plein de tact, attendait en retrait la fin de leurs effusions pour s'avancer.

Quelques jours plus tôt, la rumeur publique les avait tous informés de l'assassinat du Baptiste. Ils en avaient frémi d'horreur. Les inquiétudes de Marie quant au sort du Maître s'étaient ravivées. À maintes reprises, elle lui avait fait part de ses craintes mais, s'il était parfaitement conscient de risquer sa vie en continuant de prêcher à travers villes et villages, il ne semblait pas s'en soucier.

Seul comptait l'accomplissement de sa mission céleste. Il plaçait son sort entre les mains de Dieu.

Marie n'aurait jamais imaginé que le tragique assassinat du Baptiste puisse jouer le rôle de déclencheur pour Jeanne et ramener son amie auprès d'elle. Cette dernière lui avait avoué combien le départ précipité de la Magdaléenne l'avait affectée et fait réfléchir sur les écueils de sa propre vie. En se mariant avec Chouza quelques années auparavant, elle n'avait pas réalisé qu'elle épousait aussi la cour d'Hérode Antipas. Son mari n'était pas un mauvais bougre mais pour conserver sa place d'intendant, il lui avait fallu déployer des stratégies de survie dans ce milieu hostile. Malgré sa répugnance, il avait dû comploter et tisser des alliances coupables. La menace constante d'être destitué planait sur lui comme le vautour sur sa proie. Depuis toujours, le couple avait vécu dans la peur de déplaire au tétrarque et de perdre les avantages de leur statut privilégié. Il suffisait d'un faux pas pour que l'ordre soit donné de les anéantir tous les deux. Jeanne ne pouvait plus supporter ce climat de haine et d'angoisse permanent.

Elle comptait parmi les plus belles femmes de la cour. Si elle avait, un temps, participé au libertinage ambiant, une fois mariée, elle n'avait plus éprouvé que dégoût pour ce qu'elle considérait comme un dévoiement de l'amour véritable qu'elle avait appris à connaître aux côtés de son époux. C'était d'ailleurs au nom de cet amour partagé que Chouza avait accepté de la laisser partir, sachant combien elle était malheureuse et aspirait à poursuivre l'idéal spirituel qui, bien qu'il fît dramatiquement défaut dans cet environnement dépravé, ne l'avait jamais tout à fait quitté. Au reste, elle n'avait pas abandonné son conjoint. Ensemble, ils étaient convenus que son séjour parmi les disciples serait temporaire. Elle voulait apporter son aide au grand œuvre que Jésus édifiait et mettre généreusement son patrimoine à son service. Cette assistance contingente s'avérait bienvenue. À l'heure où le nombre de ses fidèles devenait pléthorique, il était de moins en moins aisé de pourvoir à leurs besoins élémentaires.

Les deux amies se retrouvent aujourd'hui autour du Maître, leur nouvel amour. Pour lui et par lui, elles entendent bâtir leur seconde vie, la vraie, la seule qui leur paraisse digne d'être vécue.

Grâce à l'enseignement dont Jésus l'a gratifiée lors de leurs conversations en tête à tête, Marie est plus avancée que Jeanne sur la voie ascendante. Cependant, la complicité et l'amitié privilégiée que Marie et Jésus ont nouées au fil des mois est toujours difficile à admettre pour les Douze. Lui qui aime chaque homme d'un même amour, comment peut-il éprouver une affection préférentielle pour la jeune femme ? À mots couverts, certains s'interrogent sur la chasteté de leurs rapports. Les plus éclairés savent que la relation qui les lie n'est nullement charnelle. Selon eux, l'amour universel et inconditionnel qu'il porte à tous n'exclut pas qu'il aime chacun d'une façon unique et particulière. Il a le droit d'entretenir des affinités électives avec tel ou telle. Le droit également de choisir celui ou celle qu'il entend initier plus avant.

Il n'empêche, ce rapprochement inédit et leur connivence ne plaisent pas à tout le monde. Marie apparaît clairement comme la préférée du Seigneur. Qu'une femme ait accès à la connaissance dans un monde où l'enseignement religieux est de tout temps réservé aux hommes semble aux disciples illégitime et scandaleux.

Elle ne leur en veut pas. Elle ne vit plus dans le regard d'autrui et accepte de ne pas faire l'unanimité au sein du groupe. En se décentrant de soi-même, elle est parvenue à ne pas rejeter l'autre quand celui-ci la récuse. Toutefois, pour répondre aux commandements de Jésus, il lui reste encore à faire cet ultime pas : aimer l'autre par-delà le désamour qu'il lui porte. Elle y travaille.

Sa foi a mûri. Elle ne croit plus en un Dieu dominateur et culpabilisant, satisfait de voir les hommes expier leurs offenses, tentant d'apaiser Sa colère par leur souffrance ou l'obéissance mécanique à des rites vides de sens. Jésus lui a appris à tisser jour après jour une relation avec un Dieu de tendresse, non pas fondé sur une construction intellectuelle mais sur l'expérience intime de cette force d'amour qui brûle en elle. Pour Le trouver, elle sait qu'il lui faut mettre de côté l'être matérialiste et désirant qu'elle a été pour gagner un état de paix profond, puis ouvrir son cœur, étendre sa conscience au-delà des limites de l'ego jusqu'à percevoir une unité profonde avec le monde et le Père céleste qui vit en elle. Il s'agit de mourir à soi pour renaître en plénitude.

Elle a ouvert les yeux : sa réalisation personnelle ne dépend pas de la réussite sociale, ni de la façon dont elle a longtemps cru briller à la cour, mais d'un tout autre rayonnement, intérieur, découlant de son lien avec l'humanité et de cette osmose avec le grand flux transcendant de la Vie qu'elle abrite en elle. Une responsabilité nouvelle en résulte pour Marie : à présent éveillée, elle doit s'efforcer d'inscrire ses pensées, ses actions, ses prières dans ce mouvement d'amour qui l'anime car tout ce qui émane d'elle a un impact sur les autres, le monde, l'univers, à l'équilibre duquel elle concourt.

VIII

Si Jésus continue de prêcher devant les foules, il sait qu'il peine à se faire entendre. Combien de gens se méprennent sur son identité... C'est pourquoi, parallèlement, il décide d'enseigner à un groupe restreint de personnes plus à même d'appréhender la teneur de son message et de sa mission. Il lui faut s'appuyer sur cette élite d'initiés pour propager la Bonne Nouvelle.

Marie, bien sûr, fait partie du nombre. Chaque jour, elle s'ouvre un peu plus à la vraie vie qu'il lui révèle. À son contact, il semble qu'elle retrouve un regard d'enfant émerveillé sur les choses. Le monde – *son* monde, celui qu'elle a appris à développer dans l'intériorité – est lumineux et tendre comme les bras de Dieu dans lesquels elle se love en célébrant la beauté cristalline de l'instant. Les sens en alerte, elle se régale du spectacle de la nature et s'extasie devant une fleur qui éclot, le chant mélodieux d'une alouette, la saveur subtile d'une noix, le vol synchronisé des étourneaux dans le ciel carmin au coucher du soleil… Ces tonalités familières du quotidien prennent une ampleur inédite depuis qu'elle chemine aux côtés de Jésus.

Entre eux, la proximité et la complicité n'ont jamais été aussi essentielles. À l'aube, lorsque, reprenant la route vers quelques nouveaux bourgs, la fraîcheur de la rosée leur flatte la plante des pieds, elle lui sourit en silence et il lui rend ce sourire du cœur qui proclame ce grand oui à la vie qu'il est heureux de partager avec elle. Ils goûtent de concert la douceur qui les enveloppe et rendent grâce de se comprendre au-delà des mots.

Septembre de l'an 3793[1]. Soukkot, la fête des Tentes, approche. C'est l'un des trois pèlerinages prescrits par la Torah. Pendant toute la semaine, on commémore l'exode des Juifs dans le désert. Partout sont construites des cabanes dont les toits sont constitués de branchages en mémoire des huttes dans lesquelles ils s'abritèrent durant leur traversée. Chacune d'elles sert d'habitation pour la famille. Leur précarité symbolise celle de la vie des Hébreux lors de leur sortie d'Égypte et la façon dont, durant quarante ans, ils s'en sont remis à la volonté du Très-Haut pour leur survie. C'est cette confiance et cet abandon à la protection divine qui sont d'abord célébrés mais Soukkot est également la fête de la moisson, où l'on remercie Dieu pour les récoltes d'automne et les bénédictions accordées au travers de la nature pendant l'année écoulée.

1. An 32 de notre ère.

À cette occasion, les cousins de Jésus, qui ne croient toujours pas en lui, viennent le trouver et le provoquent. Ils l'exhortent à monter en Judée pour la fête.

– On ne se cache pas quand on veut être connu : avec tout ce que tu fais, tu dois te montrer au monde, le raillent-ils, sachant très bien qu'en terre judéenne, il peut se faire arrêter à tout moment.

Il leur répond sobrement que l'heure n'est pas encore venue pour lui. Pourtant, alors que ces derniers ont rejoint Jérusalem pour les festivités, il décide de s'y rendre en secret.

Les disciples l'ont suivi mais, pour ne pas attirer l'attention des autorités et risquer de le mettre en danger, ils se sont disséminés un peu partout dans la cité. Marie, Jeanne et Suzanne ont préféré rester ensemble. Elles dorment sur le mont Scopus situé au nord-est de la ville sainte, dans un abri de fortune qu'elles ont confectionné avec les branches des arbustes trouvés sur place. Ainsi disposent-elles de leur propre cabane pour célébrer Soukkot.

Cette après-midi, Marie est descendue en ville pour flâner dans les rues animées. En chemin, l'air et les paroles d'une chanson de son enfance reprenant la prière du chapitre V du Livre de Baruch lui reviennent en mémoire : « Jérusalem, Jérusalem, quitte ta robe de tristesse. Jérusalem, Jérusalem, chante et danse pour ton Dieu ! »

Elle a toujours adoré la cité de David, qu'elle fréquentait petite fille pour les fêtes de Pessah. La famille y montait pour plusieurs jours et logeait à l'hôtel ou dans une auberge au gré des disponibilités de ces établissements dont le commerce était florissant grâce aux pèlerinages. Le père de Marie en profitait pour aller chez le barbier et, si quelqu'un souffrait d'une affection, on allait consulter l'un des nombreux médecins, baigneurs ou saigneurs de la ville, considérés par tous comme des artistes.

Quelle joie c'était de se perdre dans les bazars regorgeant de marchandises ! Il y avait là tout ce que l'on pouvait désirer : laine, toile de lin, soie, peaux de toutes sortes, ustensiles ménagers fabriqués par des forgerons chevronnés... Dans beaucoup d'officines, on pouvait se faire préparer des onguents, des résines et des parfums délicats, autant de spécialités issues de l'artisanat d'art destiné aux femmes de la noblesse résidant dans les beaux quartiers, société que la jeune fille rêvait de rejoindre. Elle se souvient d'avoir admiré dans la vitrine d'un bijoutier un diadème crénelé portant le nom de « Jérusalem d'or », au vu du prix exorbitant qu'il fallait débourser pour l'acquérir. Seules ces riches privilégiées arboraient cette parure à la mode devant laquelle Marie se pâmait.

Toutefois, à côté de ce luxe ostentatoire, les pauvres étaient légion. Quand certains parvenaient à subvenir à leurs besoins en exerçant un travail servile à la journée, les autres comptaient sur les dons – ainsi des scribes au sujet desquels on avait expliqué à l'adolescente qu'ils n'avaient pas le droit de faire payer leurs services – ou sur la mendicité qu'aveugles et estropiés pratiquaient aux abords du Temple, misant sur la croyance répandue que l'aumône était plus méritoire en ce lieu saint. D'autres enfin s'arrangeaient pour se glisser incognito dans les noces et bar-mitsvas qui tenaient table ouverte.

Pour Marie, Jérusalem était alors synonyme de fête et d'allégresse. Rompant avec la monotonie assommante de Béthanie, ici, elle se sentait vivre ! Aujourd'hui, elle retrouve le bonheur de se promener dans les rues et sur les places où les pauvres et la classe moyenne composée de commerçants, d'artisans, de maîtres d'entrepôts, de simples prêtres ou d'ouvriers du Temple côtoient la frange la plus aisée de la société que sont les gros négociants, propriétaires fonciers, collecteurs d'impôts, rentiers ainsi que la noblesse sacerdotale appartenant au Sanhédrin.

Hélas, elle n'a pas le loisir de musarder bien longtemps car la rumeur publique lui rapporte une nouvelle qui la fait bien vite revenir à la réalité. Au lieu d'être discret, Jésus a surpris tout le monde. En plein milieu de la semaine de pèlerinage, il a pénétré dans l'enceinte du Temple pour prêcher sur l'esplanade centrale de la première cour, la plus vaste, dénommée cour des Païens car elle est ouverte à tous : hommes, femmes, hérétiques, infirmes. Il l'a choisie pour que son auditoire soit le plus important possible.

Marie sait que les conditions d'accès à chaque cour sont très strictes. Au-delà de ce lieu public, un panneau écrit en grec et en latin avertit que les autres espaces sont strictement réservés : « Défense à tout étranger de franchir la barrière et de pénétrer dans le sanctuaire. Quiconque aura été pris sera responsable de la mort qui s'ensuivra. » Il y a d'abord la cour des Femmes, autorisée aux croyantes et aux enfants. Puis, la petite cour d'Israël où les Juifs de sexe masculin de plus de douze ans ont le droit de se réunir pour prier. Et enfin, l'ultime cour, dite cour des Prêtres, réservée aux officiants. Là se pratiquent les sacrifices devant la haute façade du sanctuaire qui, dans sa partie basse, le Saint, recèle le Chandelier à sept branches, la Table des pains et l'Autel des parfums. Cette pièce précède le Saint des Saints, lieu sacré entre tous où séjourne YHWH, dans lequel une pierre du temps des prophètes symbolise l'emplacement de l'Arche d'alliance perdue lors de la destruction du Temple de Salomon, ce coffre recouvert d'or renfermant les Tables de la Loi (les Dix Commandements) données à Moïse sur le mont Sinaï. Seul le Grand Prêtre est admis à pénétrer dans cette pièce aveugle isolée par un rideau pour y célébrer Kippour, la cérémonie du Grand Pardon.

Sur l'esplanade, Jésus prêche devant des fidèles étonnés qu'il connaisse aussi bien les Écritures sans avoir lui-même reçu l'enseignement d'un rabbin. D'après ce qu'on rapporte à la jeune femme, voici ce qu'il leur aurait répondu : « Ma doctrine ne vient pas de moi mais de Celui qui m'a envoyé. Celui qui parle pour son propre compte cherche sa propre gloire, mais si quelqu'un cherche la gloire de Celui qui l'a envoyé, c'est un homme sans malice et qui dit la vérité. »

Marie est folle d'inquiétude. Jésus prend des risques inconsidérés. Elle craint pour sa vie. Au comble de l'angoisse, elle file au Temple pour voir ce qu'il en est. Lorsqu'elle arrive sur l'esplanade, les discussions au sujet de l'orateur vont bon train, même si les gens parlent à mots couverts de peur de s'attirer les foudres des sadducéens et des pharisiens qui veulent sa peau. Il faut dire qu'il leur tient tête. Alors que ces derniers lui reprochent encore et toujours d'avoir osé guérir un paralytique un jour de shabbat, se référant à la guérison miraculeuse de Bethesda, il se permet de leur opposer la circoncision, qu'ils pratiquent même en ce jour de repos obligatoire, précisément pour ne pas désobéir à la Loi de Moïse. Où est la différence ? Il les pousse dans leurs retranchements, ce qui attise un peu plus leur colère.

Les citoyens présents s'interrogent sur son identité. Certains pensent qu'il est un homme droit mais d'autres croient qu'il trompe le peuple. Oui ou non, est-il le Messie annoncé dans les Écritures ? Encore une fois, Jésus se voit contraint d'expliquer qui il est.

– Je ne viens pas de moi-même, j'ai été envoyé par Celui qui est Vrai, par Celui que vous ne connaissez pas, répète-t-il à qui veut l'entendre.

Marie met les mains sur ses oreilles. Tenir de tels propos à Jérusalem, qui plus est, sur l'esplanade de ce lieu sacré, sans mentir, il est devenu fou !

C'en est trop. Les grands prêtres préviennent la police du Temple pour faire cesser le trouble.

– Je suis avec vous pour très peu de temps encore, ensuite, j'irai vers Celui qui m'a envoyé. Vous me chercherez mais vous ne me trouverez pas car vous ne pouvez pas venir où je suis, ajoute leur contradicteur.

Face à cet homme qui tient un discours totalement inédit qu'ils interprètent comme délirant, les policiers sont tétanisés. Sur quel fondement l'arrêter ? Il y a des dizaines d'autres prêcheurs sur l'esplanade. S'il fallait faire taire *manu militari* tous ceux dont les propos sont inadéquats, ils n'en sortiraient pas. Certes, l'aura de Jésus attire les foules mais ce n'est pas un motif suffisant pour l'inculper. Après avoir jaugé la situation, ils lui intiment l'ordre de quitter l'enceinte du Temple mais le laissent repartir sans encombre.

Marie respire. Des larmes de soulagement et de joie coulent le long de ses joues. Une fois Jésus sorti du périmètre dangereux, elle le suit sur plusieurs centaines de mètres et le hèle alors qu'il tourne dans une ruelle déserte.

– Rabbi, j'ai eu si peur pour toi…, lui dit-elle, plaintive, en se jetant dans ses bras.

Il la garde tout contre lui quelques instants puis se dégage délicatement de son étreinte. En silence, il plante ses yeux dans les siens et mesure alors l'étendue de sa détresse.

– Viens, ne restons pas là, lui dit-elle. Avec Jeanne et Suzanne, nous avons établi notre campement sur le mont Scopus. À l'écart du centre de la ville, tu y seras en sécurité pour passer la nuit.

Cette sollicitude le touche. Aujourd'hui, c'est elle qui le guide. Arrivé sur place, il laisse les femmes prendre soin de lui. Pendant que l'une lui confectionne une couche douillette à l'intérieur de la cabane, l'autre s'occupe du dîner. La troisième va chercher de l'eau. Cette prévenance maternante lui rappelle celle qu'il a connue, enfant, quand une autre Marie, douce et tendre, veillait sur ses jours.

Ce soir, Jésus se repose, s'abandonnant aux délices de cette présence féminine qu'il affectionne. S'il a souhaité rester célibataire, jamais il ne s'est coupé du monde des femmes. Au contraire de la culture de son temps, il est toujours demeuré très proche d'elles. Il leur parle avec un naturel déconcertant et ce, même lorsqu'il croise une étrangère sur la route. Il accepte de se laisser toucher par elles, faisant fi des impératifs de pureté dictés par la Loi hébraïque. Ne considère-t-il pas celles qui l'accompagnent comme des disciples à part entière, au même titre que les hommes ? Et puis, il leur pardonne leurs péchés là où, toujours, le regard masculin les condamne. Marie est bien placée pour savoir combien l'attitude du Maître à l'égard des femmes est novatrice et bienveillante. Elle a pu en juger. Ses errances ou celles de la Samaritaine qu'on lui a relatées ont suscité la clémence de Jésus. Elle ne le sait pas encore mais, bientôt, le hasard donnera l'occasion à ce dernier de le prouver publiquement une nouvelle fois.

IX

La fête des Tentes est achevée. Après une nouvelle nuit au mont Scopus en compagnie des femmes et des Douze qui sont venus les rejoindre, au petit matin, Jésus est reparti au Temple et, comme à son habitude, Marie l'a suivi. Massée sur l'esplanade, la foule patiente pour écouter son enseignement.

Les sadducéens et les pharisiens eux aussi l'attendent de pied ferme. Pour le prendre en défaut, ils lui amènent une femme qu'ils disent être coupable d'adultère. Ils veulent le mettre à l'épreuve et pensent avoir trouvé le moyen de l'accuser. Ainsi le feront-ils arrêter.

– Maître, cette femme est une adultère et a été prise sur le fait. Dans la Loi, Moïse nous a ordonné de lapider les femmes qui sont dans ce cas, mais toi, qu'est-ce que tu dis ?

Adossée à l'une des colonnades du Temple, Marie observe la scène avec appréhension. L'adultère est un péché extrêmement grave. L'un des Dix Commandements de Moïse le proscrit formellement. Dans le Livre du

Lévitique et dans le Deutéronome, il est puni de mort. Elle regarde celle qui est au centre de l'attention, livrée à la vindicte populaire. Curieusement, c'est toujours la femme qui est coupable alors qu'il faut bien être deux pour pratiquer l'adultère, songe Marie. Pourquoi l'homme n'est-il pas inquiété ?

Ce piteux spectacle et les yeux masculins pleins de réprobation braqués sur la malheureuse lui rappellent le jour où elle a fait irruption chez Simon, le pharisien de Magdala, pour se jeter aux pieds de Jésus. Elle se remémore le mépris et le dégoût qu'elle a inspirés à l'assemblée exclusivement composée d'hommes. Le fiel des mots crachés par Simon à son encontre, furieux que cette prostituée ait osé pénétrer chez lui. À cet instant, elle s'identifie à la femme adultère que les gens conspuent. Monte en elle une immense compassion pour celle qu'elle considère comme une victime. Elle ne doute pas que Jésus éprouve un même sentiment. Cette malheureuse jetée en pâture devant le peuple n'est qu'un prétexte dont s'emparent les censeurs pour le discréditer. En aucun cas il ne veut sa mort mais le voilà pris entre deux feux : s'il déclare qu'elle doit échapper au châtiment ultime, il désobéit à la Loi ; au contraire, s'il juge qu'elle est coupable, l'abominable sanction devra être exécutée. Marie tremble. Comment va-t-il se sortir de ce guêpier ?

Il semble prendre son temps pour répondre. Il s'accroupit et dessine avec le doigt de curieux signes à même le sol – lesquels ? cela reste un mystère car personne ne discerne ce qu'il écrit – mais, le moins que l'on puisse dire, c'est qu'il a plaisir à faire durer le suspense, sans doute dans le but de ménager son effet.

Les grands prêtres s'impatientent. Ils insistent et reposent leur question. Sûrs d'avoir d'ores et déjà eu raison de leur homme, ils se frottent les mains quand soudain leur interlocuteur se redresse. Calmement, il les regarde et prononce une phrase, une seule :

– Que celui d'entre vous qui n'a pas péché lui jette la pierre le premier.

Puis, il s'abaisse de nouveau pour écrire par terre.

Un frêle sourire ranime le visage de Marie. Elle vient de comprendre sa tactique : il leur tend un miroir et les renvoie à eux-mêmes. Qui peut affirmer n'avoir jamais péché ? Une telle assertion serait non seulement mensongère mais tout à fait présomptueuse. Il est péché de dire qu'on n'a pas péché. Il les a bien eus ! Elle l'applaudit intérieurement, admirant sa prouesse. De fait, elle constate que ses adversaires quittent un à un la scène en commençant par les plus âgés, de sorte que Jésus se retrouve bientôt seul face à la victime, demeurée au centre de l'hémicycle. Il s'adresse directement à elle et, à la seconde même, elle retrouve toute sa dignité.

– Femme, où sont-ils ? Personne ne t'a condamnée ?

Des larmes de reconnaissance coulent sur ses joues et Marie, en silence, pleure de concert. Avec une économie de mots et cette pointe d'ironie qui est souvent sa marque, il a su se tirer de ce piège. Mieux, il a renversé la situation à son avantage et contraint ses ennemis à s'interroger sur leur propre conduite pour finalement faire marche arrière.

– Personne, vous voyez, répond-elle, jouant le jeu de son sauveur.

– Moi non plus, je ne te condamne pas ; va et ne pèche plus.

Marie se souvient des paroles qu'il avait prononcées à son égard chez Simon et de leur pouvoir libérateur. Intactes, les deux phrases lui reviennent en mémoire : « Tes péchés sont pardonnés ! Ta foi t'a sauvée, va en paix. » Dès cet instant, elle s'était sentie sous le signe victorieux de l'amour. Ce salut lui ayant été donné de façon inconditionnelle, sa vie durant, elle devrait dorénavant révéler la lumière qu'il venait de faire briller en elle. Elle sait combien cette femme aujourd'hui devant lui goûte le miel de ces mots qui la relèvent. Va, lui dit-il, reprend l'unique chemin susceptible de t'apporter le bonheur et la paix de l'âme. Reprends ton bâton et marche tête haute vers ce à quoi le Très-Haut te destine : vivre joyeusement dans le respect de toi et des autres sans trahir quiconque car tromper et te tromper sont un seul et même écueil.

Confronté à ses détracteurs, Jésus s'en est sorti avec brio. Un temps, Marie croit le danger écarté et s'apaise. Hélas, il semble qu'il n'en ait pas fini. Consternée, elle le regarde se diriger vers la salle des offrandes où la foule le rejoint.

– Je suis la lumière du monde, celui qui me suit ne marchera pas dans les ténèbres : il aura la lumière qui est vie, proclame-t-il, ranimant aussitôt l'affrontement avec les grands prêtres et les pharisiens.

– La belle affaire de se recommander soi-même ! Qui es-tu ? Où est ton Père ? rétorquent-ils avec acrimonie.

– Quand vous aurez élevé le Fils de l'Homme, vous saurez que *Je suis* mais que je ne fais rien de moi-même : je dis ce que le Père m'a fait savoir.

Par ce « Je suis », Jésus se revendique du nom divin. Dans le Livre de l'Exode, Dieu révèle ainsi le nom par lequel il veut être connu et vénéré par les hommes : « JE SUIS Celui qui suis. » Cette unité de nom entre lui et le Père implique également qu'il y a entre eux une unité de nature et d'œuvre. Dans l'assemblée, cela n'échappe à personne. Il est l'envoyé de Dieu, il ne cesse de le répéter à ses interlocuteurs. Il ajoute que ceux qui croient en lui connaîtront la vérité et que celle-ci les rendra libres.

En l'entendant, Marie s'affole. Chacun sait que les grands prêtres sont à la solde de l'occupant et font le jeu de l'ennemi pour conserver leurs privilèges. Or, les Juifs souffrent de la domination romaine. Jésus vient les piquer au vif en soulignant de façon subtile et insidieuse qu'ils sont sous la tutelle de l'occupant avec la collaboration de leurs représentants sacerdotaux.

Les sadducéens se cabrent. Ils rappellent à cet insolent que les fils d'Abraham n'ont jamais été les esclaves de personne. Nouvelle pirouette du Maître : il ne parle pas de leur liberté politique mais vise le carcan de règles morales dans lequel ils emprisonnent leurs coreligionnaires. Leur interprétation plus ou moins inspirée et, surtout, monolithique des Écritures brime et infantilise le peuple. Seule la foi en Jésus est susceptible de les conduire à l'authentique liberté découlant de la vérité divine qu'il est chargé de leur transmettre mais qu'ils refusent d'entendre. Il les renvoie dans leurs buts :

– Si Dieu était votre Père, vous m'aimeriez, puisque je suis sorti de Dieu pour venir ici.

Après maintes explications, à bout d'arguments, il s'énerve :

– Vous appartenez à votre père le diable et vous cherchez à satisfaire ses désirs !

Le cœur de Marie s'emballe. Il ne sait plus ce qu'il dit... N'a-t-il pas conscience du risque qu'il prend en les traitant de la sorte ? D'une seconde à l'autre, les grands prêtres vont s'emparer de lui et le tuer. Elle lui fait des signes désespérés pour qu'il se taise mais, muré dans sa rhétorique, il persiste et signe.

– Avant qu'Abraham ne soit venu, moi *Je suis*.

– Samaritain ! Démon ! crient les Juifs pieux, chauffés à blanc.

Ils s'emparent de pierres pour le lapider.

Coincée au beau milieu de la foule, bousculée, Marie ne parvient pas à se dégager. Où est passé Jésus ? Il n'est plus là. Prise de panique, elle tente vaille que vaille de s'extirper de la mêlée. Renversée, elle tombe à terre. Les gens courent en tous sens et lui piétinent le corps. Réflexe de survie, elle se protège la tête avec les bras en attendant que la meute s'éloigne. Au bout d'un quart d'heure, l'agitation se dissipe. Percluse mais saine et sauve, elle se relève avec difficulté. Son bien-aimé a disparu. A-t-il été arrêté ? Elle prie pour qu'il ait réussi à s'échapper.

Ne sachant que faire, elle s'enfonce dans la ville pour essayer de le trouver. Durant des heures, elle le cherche en vain. Triste et lasse, elle finit par regagner leur campement sur les hauteurs de Jérusalem à la nuit tombée.

Lorsque, dépenaillée, le visage noir de crasse et les cheveux en bataille, elle arrive sur les lieux, à son grand soulagement, elle le voit assis autour d'un feu en train de deviser tranquillement avec les Douze.

Le lendemain, après une énième altercation avec les pharisiens dont elle est témoin, elle l'entend prononcer ces mots qui la touchent au cœur :

– Je suis le bon berger. Le bon berger donne sa vie pour les brebis. J'ai d'autres brebis qui ne sont pas dans ce parc. Celles-là aussi, je dois aller les chercher et elles entendront mon appel : elles ne feront plus qu'un seul troupeau avec un seul berger.

Silencieusement, Marie acquiesce. Depuis sa rencontre avec lui, il est son pasteur. Chaque jour, il la guide vers le sommet d'elle-même, là où réside ce Dieu lumineux qu'il lui a fait découvrir et appris à abriter. Sans l'ombre d'une hésitation, elle a rejoint son troupeau et le suit en confiance, sûre qu'il la mènera à l'acmé de ce qui lui est donné de vivre.

Puis il ajoute :

– Le Père m'aime parce que je donne ma vie pour ensuite la reprendre. Personne ne me la prend : c'est moi qui la donne de moi-même.

La jeune femme frissonne. Son corps est pris de tremblements. Jésus a déjà tenu de tels propos au préalable mais elle n'en avait pas saisi le sens. Pour la première fois, elle perçoit ce qu'il dit à travers les lignes. En un éclair, elle comprend son allusion prophétique : il va mourir sous peu, il le sait, et il consent librement à l'épreuve ultime qui l'attend. Sa mission est de faire connaître le Père auquel il est uni afin d'apporter le salut aux hommes. Il est prêt à mourir pour l'accomplir.

En son for intérieur, elle renouvelle sa promesse de l'accompagner jusqu'au bout quoi qu'il advienne. Ma vie, se dit-elle en s'appropriant les mots qu'il vient d'énoncer, nul ne me la prend, c'est moi qui la lui donne.

ÉLÉVATION

I

En ce mois de novembre, il commence à faire froid. Ce soir, au sein du campement installé, cette fois, au mont des Oliviers, Jésus, les Douze et les femmes se serrent autour du feu. Dans la torpeur de l'après-dîner, les uns somnolent quand les autres dorment déjà à poings fermés. Seuls le Maître et Marie restent éveillés. À la lueur des flammes, chacun poursuit dans sa tête ses réflexions. Son amie semble préoccupée. Il lui demande ce qui l'inquiète.

– Je voudrais tant avoir des nouvelles des miens. Savoir ce qu'ils sont devenus…

Il ne dit rien mais, plein de mansuétude, l'entoure de ses bras. Il attendait depuis longtemps cette prise de conscience. Il la laisse revenir sur ses pas, tendre la main à l'adolescente rebelle qui a jadis claqué la porte de chez elle et rapprivoiser le mot *famille*, depuis lors banni de son esprit. C'est vrai, elle a abandonné les siens. Durant les premières années à Magdala, elle a d'abord éprouvé un grand soulagement à s'être éloignée d'eux, sûre d'avoir fait le bon choix. Puis, peu à peu, les regrets et les remords sont venus fissurer ses certitudes. Balayés d'un revers de main le jour, ils revenaient inlassablement la hanter à travers les cauchemars nocturnes. Au matin, elle se mettait à sa table avec la ferme intention d'écrire à ses proches mais, après avoir recommencé cent fois la même lettre, elle finissait toujours par la jeter au feu. Elle butait sur un point d'achoppement incontournable : comment justifier sa conduite ? Pourtant, ce soir, blottie contre Jésus, elle comprend qu'elle n'a pas tant à justifier qu'à assumer « ce qui est » pour pouvoir aller de l'avant. Si un mouvement intérieur lui intime l'ordre de retrouver sa famille, c'est qu'il est l'heure. Rien d'autre ne compte que cet élan.

– Il faut que je retourne là-bas. Quelle que soit leur réaction, j'en ai le devoir.

Il la serre un peu plus fort pour lui montrer qu'il est heureux de cette décision et lui donner de la force. Elle lui assure qu'elle reviendra auprès de lui sous peu. Il lui sourit en signe d'assentiment.

Le lendemain, elle rassemble son paquetage. La tristesse l'envahit à l'idée de le quitter. Anxieuse à son sujet, elle l'exhorte à ne pas s'éterniser à Jérusalem. Elle brûle de lui faire découvrir son foyer et, dans la folle espérance qu'il accepte de venir, lui propose de s'y réfugier. À Béthanie, ni les grands prêtres ni les soldats n'auront l'idée de le chercher. L'essentiel pour elle est de revenir auprès des siens, lui répond-il.

Quand se reverront-ils ? Il a l'intention de rester dans la ville sainte jusqu'à Hanouka, la fête des Lumières, fin décembre. On y célèbre alors la victoire de la foi juive sur les cultes hellénistiques des puissants rois séleucides de Syrie qui, près de deux cents ans auparavant, régnaient sur la Palestine, contraignant les Hébreux à adopter leurs croyances. Un petit groupe de Juifs pieux dirigé par Judas Maccabée parvint alors à vaincre la puissante armée de l'occupant et le chassa du pays, puis reprit le Temple de Jérusalem qui put ainsi être de nouveau consacré à Dieu. Aussitôt, ils s'attelèrent à allumer la Ménorah du Temple, le candélabre à sept branches, mais seule une unique fiole d'huile d'olive avait échappé à la profanation par les Grecs. Miraculeusement, l'huile à peine suffisante pour un jour brûla huit jours jusqu'à ce qu'une nouvelle mesure puisse être préparée dans des conditions de pureté rituelle. Depuis lors, on commémore annuellement cet épisode lors de la fête de Hanouka en allumant des bougies à la porte des maisons chaque nuit pendant huit jours pour révéler et divulguer ce prodige.

Jésus assure à Marie qu'ils se reverront après la célébration. Forte de cette garantie, elle quitte le campement et passe sur l'autre versant de la colline pour atteindre son village natal à trois kilomètres de là.

Lorsqu'elle arrive à proximité du bourg, son cœur bat la chamade. Elle manque de défaillir. Béthanie est en vue et ses jambes se dérobent. Elle s'assoit sur une pierre au bord du chemin pour reprendre ses esprits. Elle tente de se donner du courage en pensant à Jésus. Il compte sur elle, pas question de renoncer si près du but. Elle se relève. En avant, se dit-elle et, joignant le geste à l'injonction intérieure, elle pénètre dans le village.

Rien n'a changé. De part et d'autre de la rue principale, elle retrouve les mêmes maisons qui la séparent de la sienne. Par chance, elle ne croise personne. Les basses températures ne poussent guère à rester dehors, d'autant qu'en cette fin d'automne, les travaux des champs sont à l'arrêt. Il est presque midi et les habitants prennent leur repas.

Arrivée devant chez elle, elle hésite quelques instants puis rassemble son courage et frappe à la porte. C'est Marthe qui vient lui ouvrir. En présence de celle qu'elle n'a pas vue depuis près de douze ans, elle reste interdite. Marie l'est tout autant que sa sœur, qu'elle peine à reconnaître. Ses traits ont changé. Bien qu'âgée d'une trentaine d'années, elle ressemble déjà à une vieille femme. De son visage ridé transparaît une grande dureté. Elles s'observent un long moment avant que Marthe rompe le silence.

– Marie… Toi, ici ? Je te croyais morte…

Elle ne sait quoi répondre à cette abrupte entrée en matière mais, sur une impulsion, elle se jette contre son aînée qui esquisse un mouvement de recul en se gardant bien de lui ouvrir les bras. Marie est submergée par l'émotion ; sa sœur reste de marbre. Le corps raide et l'air sévère, cette dernière paraît complètement absente.

Soudain, la cadette entend du bruit dans la maison. Quelqu'un s'approche. Elle lève la tête et voit Lazare. D'abord stupéfait, il finit par laisser éclater sa joie.

– Tu es de retour… Ma petite sœur… Je suis si heureux de te voir !

Il n'émet aucun reproche ni ne pose de questions. Il l'accueille avec effusion, exultant de la savoir revenue parmi eux. Marie lui saute au cou.

– Ne reste pas sur le seuil, entre donc, lui dit-il en l'entraînant dans le salon.

Elle reprend pied dans la maison de son enfance, bouleversée de la retrouver telle quelle.

– As-tu faim ?

Elle fait non de la tête.

– Assieds-toi, je vais chercher du vin.

Tandis qu'il se dirige vers la pièce attenante, Marie se tourne vers sa sœur qui n'a toujours pas bougé de l'entrée.

– Viens, ne nous laisse pas boire seuls, l'implore-t-elle.

Silencieuse, Marthe la rejoint.

– Au retour de Marie ! s'exclame Lazare en tendant une coupe à chacune après s'être servi.

L'alcool aidant, les langues se délient.

– Où diable étais-tu passée depuis tout ce temps ? Qu'as-tu fait ? demande Marthe d'un ton âpre.

Elle ne souhaite pas cacher ses errances. Si elle est là, c'est pour se montrer à eux en vérité. Elle prend une grande respiration avant de se lancer et de relater tout ce qu'elle a vécu depuis sa fugue : la vie de luxe et de lucre poursuivie à Magdala parmi les courtisans d'Hérode Antipas, les prétendants à la pelle, les fêtes, mais aussi les intrigues sanglantes, les passions dérisoires et éphémères, les illusions perdues, l'abattement jusqu'à sa rencontre décisive avec Jésus. Sans le connaître, son frère et sa sœur ont déjà entendu parler de ce prophète auréolé de mystère qui accomplit tant de miracles.

Brusquement, comme prise de panique, Marie s'interrompt.

– Mais où sont maman et papa ?

Mutiques, Marthe et Lazare se regardent. La cadette refuse d'être confrontée à ce qu'elle redoutait le plus en revenant chez elle. Elle saisit la main de son frère et le presse de répondre.

– Ils sont morts, lâche-t-il douloureusement. Papa est parti le premier, il y a cinq ans, d'une longue maladie. Il était si faible, le pauvre… Maman l'a suivi peu après. Elle n'était plus valide depuis des années. Peu après ton départ, une mauvaise chute l'a privée à jamais de l'usage de ses jambes. Nous les avons soignés et entourés de tout notre amour jusqu'à la fin.

Marie éclate en sanglots. Elle réalise qu'ils sont décédés sans qu'elle les ait revus. Sans qu'ils sachent ce qu'elle était devenue. Son chagrin est incommensurable.

Encore une fois, c'est Lazare qui fait le premier pas vers elle. Il la prend dans ses bras et la berce tendrement jusqu'à ce qu'elle se calme. Recueillis, tous trois demeurent un long moment en silence. Puis, Marthe explique à sa sœur qu'ils sont restés l'un et l'autre célibataires pour s'occuper de leurs parents impotents. La jeune femme songe alors que pendant qu'elle se perdait dans les divertissements dévoyés de la cour, ils se sont sacrifiés pour remplir leur devoir filial. Ce qu'elle éprouve va bien au-delà du remords. La peine, insondable, menace de l'engloutir tout entière. Comme au pire moment de la crise existentielle traversée à Magdala, elle se sent happée dans un gouffre. Mais, alors qu'elle pense ne pas parvenir à surmonter cette tragique nouvelle, l'image de Jésus se dessine soudain devant ses yeux. De toute son âme, elle se raccroche à lui, implorant son aide. Peu à peu, une douce chaleur l'enveloppe. Surprise, elle constate qu'au fil de sa prière, elle s'allège du poids qui la clouait au sol. Elle se souvient de ce qu'il lui a enseigné : ce sont par ses failles que Dieu a pu s'introduire en elle. Quelles que soient mes fautes, le Seigneur m'aime inconditionnellement, se rassérène-t-elle. Sans effacer les erreurs commises, Jésus lui a appris à ne pas rester bloquée dans la culpabilité et à continuer sa route en portant témoignage de la lumière de vie qu'il incarne. « Va, et ne pèche plus », lui avait-il dit chez Simon. C'est exactement ce qu'elle doit faire à présent : avancer sur le chemin de l'amour retrouvé avec son frère et sa sœur.

Durant le reste de l'après-midi, elle répond à leurs multiples questions. Au fil des heures, le trio reconquiert un peu de la complicité qui les liait enfants.

Quand, après le dîner, chacun va se coucher, Marie retrouve avec bonheur sa chambre de toute jeune fille, restée en l'état, qu'elle partage toujours avec sa sœur.

II

Jésus a tenu promesse. En ce petit matin de janvier, accompagné des Douze, il frappe à la porte de Marie, Marthe et Lazare. Le voyant, son amie saute de joie. Elle les fait tous entrer et leur présente son frère et sa sœur. Néanmoins, très vite, son allégresse laisse place à l'anxiété. La maigreur et les traits tirés de son bien-aimé en disent long sur son état de fatigue.

Les femmes filent à la cuisine préparer à manger. Quand elles reviennent les bras chargés de victuailles, il s'est endormi dans un coin de la pièce. Tant pis, il se restaurera plus tard. Elles lui mettent de côté une assiette bien remplie tandis que les disciples se jettent sur la nourriture. Ils n'ont rien mangé depuis la veille. Ils ont dû fuir Jérusalem le dernier jour de Hanouka où, une nouvelle fois, Jésus est allé prêcher au Temple, soulevant le même tollé général qu'à l'accoutumée. Il a échappé de peu à la police. Dans l'immédiat, la maison de Marie permet de s'abriter mais il devra quitter la Judée pour se mettre en sécurité. Il projette de retourner à l'endroit où

Jean l'avait baptisé, dans un village qui porte également le nom de Béthanie bien qu'il se situe en Pérée. Loin de Jérusalem et de Tibériade, il n'aura plus à craindre les grands prêtres ni les soldats d'Hérode Antipas.

Exténué, il dort jusqu'au milieu de l'après-midi. Dès qu'il se réveille, Marie s'approche pour lui servir les mets qu'elle lui a réservés. Il n'a pas faim. De la main, il lui fait signe qu'il ne veut rien manger. Comme une mère veillant un enfant malade, elle insiste et lui prépare des bouchées. Pour lui faire plaisir, il goûte la nourriture qu'elle lui tend : purée de pois chiches, galettes de pain trempées dans l'huile d'olive, fromage frais de brebis, figues séchées, miel de dattes…

Le repas semble l'avoir un peu revigoré. Heureuse qu'il découvre son univers, elle lui fait faire le tour du propriétaire. Elle lui montre la chambre de Marthe, celle de son frère et celle de ses défunts parents qu'elle a fait sienne depuis peu, puis ils montent sur le toit terrasse où, adolescente, elle aimait à rêvasser des heures dans l'attente d'une autre vie. Aujourd'hui, elle se sent merveilleusement bien dans cette maison cossue qui lui paraissait jadis si austère.

– Je n'ai pas vu le bonheur qui était sous mes yeux. Pas su profiter de ce cadre privilégié dans lequel j'ai grandi. Je voulais toujours plus, lui dit-elle, contrite.

Emmitouflés dans une peau de chèvre, ils hument l'air du soir sur une paillasse de la « chambre haute ». En cette saison, personne n'y monte. Malgré le froid perçant, ils admirent le sublime coucher du soleil.

En silence, elle s'interroge : que serait-elle devenue si elle était restée à Béthanie ? À l'heure actuelle, elle serait sans doute mariée et mère de plusieurs enfants. Au fond, peut-être pas, se dit-elle. À Magdala, en dépit d'une vie sentimentale agitée, elle n'est jamais tombée enceinte. Si elle a tenté de prendre des précautions pour l'éviter, elle sait que les moyens dont les femmes se servent à la cour – tisanes d'écorce d'aubépine, feuilles de lierre, de saule, de peuplier, suppositoires à la menthe poivrée, gomme de cèdre et autres recettes alchimiques – ne sont pas efficaces. Beaucoup de ses amies enchaînaient les grossesses. Comment se fait-il qu'elle y ait échappé ? Serait-elle stérile ? Le cas échéant, la vie s'avérerait bien faite car, du plus loin qu'elle se souvienne, elle n'a jamais eu de désir de maternité. Pour enfanter, il aurait fallu qu'elle trouve un homme digne d'être père. Or, tous ceux qu'elle a tenus dans ses bras lui ont paru inaptes à tenir ce rôle. Aujourd'hui qu'elle a voué sa vie à Jésus, elle sait que la venue d'un enfant l'aurait empêchée de le suivre. Mère, il lui aurait fallu subvenir aux besoins de ce dernier. Sans mari à ses côtés, la société aurait durement réprouvé sa conduite. Elle n'ose imaginer comment élever un bambin dans ces conditions. Et si un homme l'avait épousée, sa vie conjugale l'aurait contrainte à s'occuper du foyer. Une existence noble et honorable qui, toutefois, n'aurait pas satisfait la quête qu'elle poursuit depuis l'enfance et dont, grâce au Maître, elle a récemment saisi la réelle dimension.

La nuit est tombée, ils redescendent au salon se mettre au chaud. Durant les semaines qu'elle vient de passer avec Marthe et Lazare, Marie leur a beaucoup parlé de cette rencontre capitale qui a changé le cours de sa vie. Au-delà des miracles emblématiques dont ils ont eu vent, elle leur a exposé le cœur du message de Jésus.

Bien que Marthe l'ait écoutée avec attention, Marie ne saurait dire ce qu'elle a retenu de ses propos. Son aînée est si impénétrable… Les mots et les événements semblent glisser sur elle comme sur un lac gelé. Son monde se limite aux tâches ménagères qu'elle effectue de façon méticuleuse dans un ordre précis et immuable. Désormais éveillée sur le plan spirituel, Marie tente de comprendre cette sœur dont la raideur et la monomanie l'ont longtemps rebutée. Elle cherche à percer ce qui se dissimule sous ce caractère rugueux. Elle songe que Marthe n'a pas construit sa vie de femme. Elle n'a ni mari ni enfants. Au contraire de sa cadette, il ne s'agit pas d'un choix. Elle s'est sacrifiée pour assister ses parents grabataires. À leur décès, il était trop tard pour épouser un homme et devenir mère. C'est cette frustration qui s'exprime dans le soin maniaque qu'elle met à tenir la maison. Un domaine sur lequel elle règne sans partage. Marie l'a si bien compris que, s'agissant des tâches domestiques, elle ne prend jamais d'initiatives et exécute ses ordres à la lettre. C'est à ce prix qu'elle a acheté la paix et retissé une relation saine avec sa sœur.

Quant à Lazare, il ne paraît pas souffrir de ne pas avoir d'épouse. Sans doute le choix de demeurer auprès de ses parents impotents a-t-il été dicté par l'amour qu'il leur portait mais Marie se souvient que, petit, il avait déjà un tempérament très solitaire. Si elle traînait son ennui, ne sachant que faire pour échapper à ce quotidien qu'elle considérait sans grâce, son frère s'était toujours suffi à lui-même. À bien y réfléchir, elle n'est pas sûre que la vie de mariage et le rôle de père de famille auraient été faits pour lui.

Élevé dans le strict respect de la Loi de Moïse, le message de Jésus qu'elle a tenté de lui délivrer bouleversait totalement sa foi. Avec douceur et pédagogie, elle l'a invité à méditer les paraboles qui l'avaient elle-même marquée afin que leurs images réveillent en lui des sentiments, des souvenirs, des associations de pensées et qu'il s'en approprie plus aisément la substance. Elle souhaitait l'amener à une nouvelle perception de la réalité et à une conversion d'attitude vis-à-vis du Très-Haut.

D'abord rétif, au fil du temps Lazare a accepté de penser Dieu autrement. Lorsqu'il était enfant, Marie l'avait souvent vu réciter les prières en compagnie de son père. Leurs psalmodies étaient rythmées par un balancement du corps qui participait tout entier à cette invocation vers l'Éternel. Elle lui expliquait que Jésus ne remettait pas en cause cette foi démonstrative, belle et respectable, héritée de la tradition juive, mais l'hypocrisie qu'entraînait un respect trop strict du dogme et des rites interdisant tout dialogue intérieur avec le Seigneur. Qu'il proposait de prolonger l'ancestrale foi hébraïque en creusant toujours plus en soi pour apprivoiser ce lieu intime où le

Très-Haut venait nous visiter. Qu'en substituant l'amour à la Loi, il entendait accomplir l'alliance entre Dieu et l'homme.

Ce soir, c'est le Maître en personne qui enseigne à la lumière de l'âtre. Assise à ses pieds, Marie écoute chacun de ses mots, se nourrissant de sa parole tandis que sa sœur, trop absorbée par le service, n'y prête aucune attention. Consciente d'accueillir un hôte de marque accompagné de ses fidèles disciples, Marthe entend les recevoir en grande pompe. Cette présence exceptionnelle implique un repas de fête. Pour l'occasion, des voisins du village ont été invités. Après avoir préparé durant tout l'après-midi des mets de choix, elle passe les plats, sert les convives, offre le pain, verse le vin, affairée à contenter chacun. Cela fait plus d'une heure qu'elle s'agite sans la moindre pause et elle commence à montrer des signes d'agacement. De temps à autre, elle jette un regard courroucé vers sa cadette suspendue aux lèvres de son bien-aimé pour tenter de la faire réagir. Recueillie, comme en transe, Marie ne la voit pas.

Tout à coup, la colère de Marthe éclate. Elle en appelle à Jésus.

– Seigneur, ne vois-tu pas que ma sœur me laisse seule avec le service ? Dis-lui donc de m'aider !

Cette saillie brise la douce harmonie du moment. Jusqu'à présent, tendu vers la Bonne Nouvelle qu'il leur annonçait, personne n'a fait cas de Marthe qui, cependant, n'a cessé de se préoccuper du bien-être de l'assemblée. Sa hargne et son dépit sont à la hauteur de ce désintérêt.

– Marthe, Marthe, l'interpelle alors son hôte sur un ton empreint de douceur, tu t'inquiètes et t'agites pour tant de choses ! Une seule est nécessaire. Marie a choisi la meilleure part, elle ne lui sera pas retirée.

Sidérée, l'aînée des deux sœurs s'arrête net. Il lui sourit en signe d'apaisement. Un ange passe. Elle finit par s'asseoir et la conversation reprend. Cette fois, elle écoute ce qu'il professe. Au contraire de Lazare et des autres invités, elle n'a jamais reçu d'enseignement religieux. C'est la première fois qu'un homme, dont elle ne saurait dire s'il est rabbin, prophète ou simplement sage, lui parle de Dieu. Ce faisant, il la traite d'égale à égal avec les hommes de l'assemblée. Peu à peu, elle ouvre son cœur à celui qui se met ainsi à sa portée et parvient à la toucher grâce à des mots qu'elle n'a aucun mal à comprendre.

La soirée est joyeuse. Bien que les temps soient difficiles, Jésus a la capacité de s'extraire des soucis pour apprécier pleinement ces instants d'amitié partagés. Marthe et Lazare sont des gens simples, pleins de bon sens. Il se sent merveilleusement bien dans cette ambiance familiale qui lui rappelle celle de son enfance. Sous ses airs tranchants, l'aînée est une femme de devoir et une belle âme. Si elle parle peu, elle a mis toute son ardeur à contenter Jésus et les convives. Elle s'est activée quand tous l'écoutaient bouche bée mais il sait que c'est sa façon à elle de l'honorer. Il a simplement voulu lui signifier qu'il existe plusieurs manières de le faire. À chacun de trouver la sienne. Inutile de se comparer aux autres. L'écoute et l'action, les deux attitudes sont complémentaires.

Après quelques jours de repos, Jésus partira avec les Douze en Pérée comme il l'avait envisagé. Là-bas, il est sûr d'être bien accueilli par la population. Il n'est pas retourné de ce côté du Jourdain depuis près de trois ans. Le Baptiste assassiné, ses anciens disciples ont reporté toutes leurs attentes sur sa personne. N'est-il pas celui que Jean leur a annoncé comme étant supérieur à lui ? Il se doit de revenir à l'endroit où sa mission a débuté.

III

Marie voulait le suivre mais Jésus l'en a dissuadée. Au moment où la fratrie s'était enfin retrouvée, il ne voulait pas qu'elle quitte le foyer. L'amour qu'elle était parvenue à reconquérir dans le cœur de Marthe et de Lazare risquait d'être éprouvé par une nouvelle absence prolongée. Il l'a rassurée : elle reprendrait sa place à ses côtés, cependant, pas avant d'avoir consolidé celle qu'elle venait de regagner auprès des siens.

Elle a acquiescé la mort dans l'âme, refrénant son impérieux désir de rester à ses côtés. Lorsqu'il est parti, le vide et la tristesse ont menacé de ressurgir. Avec courage, elle a su repousser ses mauvais démons, cette face crépusculaire d'elle-même désormais suffisamment apprivoisée pour qu'elle sache la tenir en respect.

La séparation serait de courte durée. Jésus s'est juré de revenir bientôt à Jérusalem, au plus tard pour la fête de Pâque. Elle pourrait alors le rejoindre.

Au fil des semaines, elle découvre qu'elle ne souffre pas de son absence car elle le fait tout naturellement vivre en pensée et se sent remplie de sa présence. Elle se surprend à parler avec lui. Ce dialogue intérieur en forme de douce prière l'accompagne jour et nuit. Le sachant en relative sûreté en Pérée, elle n'est plus envahie par la peur et peut laisser libre cours au flot de tendresse qui se déverse en elle quand elle pense à lui.

Elle se coule dans la vie calme et tranquille de Béthanie. Loin de toute agitation, elle goûte les plaisirs simples, ces « bonheurs minuscules » mais non moins délectables dont se composent les journées : préparer à manger, faire le ménage, rire avec Marthe et Lazare, méditer la parole de Jésus pour en approfondir le sens et mieux se l'approprier.

Cette pause lui permet de faire le point sur sa vie. Comme elle est loin, la femme fatale de Magdala qui voulait dominer les hommes… Un jour, elle a fini par abandonner cette quête insensée. Après avoir déposé ses errances aux pieds de Jésus, elle a senti le jaillissement intérieur de sa vraie féminité, celle-là même qui avait toujours été présente sans qu'elle la connaisse, faute de savoir l'accueillir. Depuis lors, son comportement et ses aspirations ont drastiquement changé. Elle ne désire plus un homme en particulier. Plaire ou séduire lui est indifférent. Elle n'utilise plus la sexualité comme une monnaie d'échange pour quémander de l'amour ni ne guerroie pour diriger ou changer l'autre. Elle s'écoute sans attendre qu'on lui dise ce qui est bon pour elle. En prêtant attention à son rythme propre, en intégrant la sensualité et la douceur dans sa façon d'être au monde, elle se sent reliée à la terre, à l'énergie de la nature ainsi qu'à tous les êtres humains.

En Jésus, elle a rencontré l'homme réel qu'elle peut aimer même s'il n'est pas un partenaire sexuel. Même s'il est absent. Leur relation révèle la propre autonomie de la jeune femme. Elle advient à elle-même par un Autre qui l'excentre de son ego pour mieux la réunifier et ouvrir en elle un espace neuf de dialogue avec la vie intérieure. À travers l'amour qu'elle porte au Maître, se réalise en elle comme en lui l'union sacrée du masculin et du féminin. Ainsi, elle accède à la complétude qu'elle a jusqu'alors éperdument recherchée.

Le printemps est là. La végétation reprend ses droits après le long sommeil hivernal. Marie se sent dans un même état de renaissance. Déchargée des tensions qui l'alourdissaient, elle danse avec l'existence, jubile, célèbre la magie d'être femme, libre de tout conditionnement et d'aimer avec un grand A.

Chaque après-midi, elle se retire quelques heures sur la terrasse pour prier. Le Dieu que lui a fait découvrir Jésus, Celui qu'il incarne avec tant de majesté, habite sa propre « chambre haute », lieu intime où réside l'essence de son être. Le meilleur de ce qu'elle recèle. Elle en est sûre, tout se passe là, au-dedans d'elle-même, au sein de ces vastes plaines de l'âme où le temps et les frontières n'existent plus.

Sous ses yeux, les arides collines de Judée ondulent, vagues rocailleuses se chevauchant à l'infini. La monotonie et la monochromie du paysage ne sont qu'un leurre.

Jouant avec le soleil, les nuages projettent leurs ombres sur les monts dont ils accentuent ou masquent les formes. L'ocre de la pierre et de la terre s'égaye sous les tonalités de la rare végétation : vert amande des buissons épineux, tacheté blanc des bouquets d'asphodèles, piqueté jaune des hélianthèmes de Syrie… Marie pose un regard admiratif et contemplatif sur la pointe fine du réel. Elle en goûte la poésie inépuisable. Dieu et la beauté nue qui se déploie sous ses yeux ne font qu'un.

Toutefois, un matin, cette quiétude laisse place à l'angoisse. Lazare est affligé d'une toux rauque et caverneuse. Brûlant de fièvre, il ne peut se lever. Malgré la tisane au miel que Marthe s'empresse de lui concocter, il tousse à s'en décrocher les poumons. À chaque quinte, sa respiration paraît plus douloureuse et ses lèvres bleuissent.

Les jours s'écoulent et les deux sœurs ne savent que faire pour le soulager. À tour de rôle, elles le veillent, épongent son front moite, relèvent son buste à l'aide de coussins calés sous son dos, recouvrent sa poitrine d'un baume d'huile d'olive et d'ail pilé, rien n'y fait, son mal empire. Marie constate avec effroi que ses expectorations charrient maintenant de gros caillots sanguinolents.

– Lazare ne passera pas la semaine. Son état s'aggrave d'heure en heure. Il est si faible qu'il n'arrive plus à s'alimenter. Seul Jésus saurait le guérir, dit-elle à sa sœur.

Sans attendre sa réponse, elle se lève et file chercher l'ami d'enfance de son frère qui réside à trois maisons de là. Chaque jour, il est venu prendre des nouvelles du malade. Il a apporté des agrumes, du thym pour faire des tisanes purifiantes et du vin dans l'espoir de le requinquer. En vain.

– Lazare est au plus mal. Il faut aller prévenir Jésus avant qu'il ne soit trop tard. Je dois veiller sur lui mais toi, va le trouver en Pérée, le supplie-t-elle en pleurant.

Le jeune homme part sur-le-champ. Empruntant la *via romana*, il marche à travers les collines pelées de Judée pour atteindre la forteresse hérodienne de Kypros puis l'oasis de Jéricho où il s'arrête pour s'abreuver et se rafraîchir un bref instant. La poussière que le vent soulève sans répit lui pique les yeux. Il lave son visage à grande eau, savourant l'ombre bienfaitrice de la palmeraie avant de reprendre sa marche forcée au soleil. Durant de longues heures, il poursuit son périple. Bientôt, il traverse le Jourdain dont il suit ensuite les berges pour arriver enfin à la tombée de la nuit au campement où Jésus et ses disciples se sont établis.

Exténué, hors d'haleine, il ne prend pas le temps de se poser et avertit immédiatement le Maître.

– Je suis venu te dire que Lazare est au plus mal. Il tousse et gémit depuis des jours sans que sa fièvre retombe. Nous craignons pour sa vie…

Sûr de son aide, prêt à repartir aussitôt à ses côtés à Béthanie, le visiteur s'attend à ce que Jésus s'émeuve de ce qu'il vient de lui annoncer mais, étrangement, il semble imperturbable.

– Seigneur, celui que tu aimes est malade, lui répète-t-il, pensant qu'il n'a pas compris l'extrême gravité de la situation.

Après un long silence où, les yeux dans le vague, il semble perdu dans ses pensées, il finit par lui répondre :

– Cette maladie n'ira pas à la mort ; elle est pour la gloire de Dieu et par elle, le Fils de Dieu sera glorifié.

Stupéfait, le jeune homme ne saisit pas le sens de ces paroles et s'impatiente, épiant les faits et gestes de Jésus, persuadé qu'il va se mettre en route pour aller voir Lazare. Toutefois, deux jours passent durant lesquels il continue de prêcher devant les foules sans se soucier de sa présence. Au matin du troisième, comme surpris lui-même par ce qu'il vient de pressentir dans sa chair, il change d'attitude et décide qu'il est temps de se rendre à Béthanie.

– Notre ami Lazare s'est endormi, mais j'y vais pour le réveiller, explique-t-il à ses disciples.

Compte tenu du danger qui le menace s'il retourne en Judée, ils font tout pour l'en dissuader.

– Seigneur, s'il s'est endormi, il va guérir.

Jésus se fait plus clair :

– Lazare est mort, mais je suis heureux pour vous de ne pas avoir été là, car cela vous fera croire. Allons chez lui.

À ces mots, le jeune homme tremble. Il prie de tout son cœur pour que le Maître se trompe et que son ami soit toujours vivant. N'est-ce pas pour le guérir qu'il est venu le chercher ? S'il manifeste soudain le souhait d'aller le voir, c'est que l'espoir est encore permis. Il se raccroche à cette idée.

Malgré les risques, la troupe se met en route. En son for intérieur, chacun redoute de croiser des soldats d'Hérode Antipas. Heureusement, aujourd'hui, elle n'est fréquentée que par des commerçants qui se rendent à Jérusalem, tenant par la bride une mule chargée d'étoffes, de parfums ou de denrées alimentaires.

Jésus a dit vrai. Lazare est mort il y a de cela quatre jours. À Béthanie, entourées de leurs amis et des voisins, les deux sœurs l'ont pleuré et déjà mis au tombeau. Des proches de la famille, venus de la ville sainte pour partager avec elles le temps du deuil, ont aperçu le Maître en chemin. Il n'est qu'à une lieue du bourg. Ils les préviennent de son arrivée imminente.

Marthe accourt au-devant de lui. Marie, elle, ne bouge pas. Elle en veut à Jésus de ne pas les avoir rejointes plus tôt. Maintenant que son frère est mort, ce déplacement est inutile. Pour lui montrer sa déception et sa tristesse, elle reste chez elle.

– Seigneur, si tu avais été ici, mon frère ne serait pas mort. Pourtant, je sais que tu peux tout demander à Dieu et que Dieu te l'accordera, lui dit Marthe dès qu'elle le retrouve.

Jésus lui prend les mains.

– Ton frère va se relever.

– Je sais qu'il se relèvera au dernier jour, celui de la résurrection.

L'aînée des sœurs pense à tort qu'il fait allusion à la résurrection des morts au dernier jour, conviction présente en germe dans la Bible hébraïque, notamment chez Osée, après la chute du royaume du Nord : « Le troisième jour, l'Éternel nous aura relevés et nous vivrons en sa présence », ou chez Ezéchiel : « Je vais ouvrir vos tombeaux, ô mon peuple, je vous ferai remonter de vos tombeaux, je vous ramènerai sur la terre d'Israël ! » Cette notion de résurrection s'est ensuite affinée au temps de la domination séleucide, deux siècles avant Jésus, durant laquelle de nombreux Juifs, pour avoir refusé d'adopter les croyances grecques de l'occupant, ont été assassinés. Le deuxième Livre des Maccabées y fait explicitement référence à travers l'éloge de sept frères ayant donné leur vie pour rester fidèles au Dieu d'Israël, leur mère assurant qu'ils auraient ainsi part à la résurrection. Avant de mourir, les suppliciés affirment au roi : « Scélérat que tu es, tu nous exclus de la vie présente, mais le roi du monde, parce que nous serons morts pour ses lois, nous ressuscitera pour une vie éternelle. » Même si Marthe ne connaît pas tous ces textes, cette croyance est suffisamment ancrée dans la pensée juive pour s'imposer à elle.

Cependant, Jésus la reprend :

– C'est moi qui suis la résurrection et la vie. Celui qui croit en moi, même s'il vient à mourir, vivra. Le vivant, celui qui croit en moi, ne mourra pas pour toujours. Crois-tu cela ?

C'est donc lui qui incarne la résurrection. Croire en lui, c'est croire à la vie éternelle ! Aussitôt, Marthe la silencieuse, toujours si affairée aux tâches domestiques, l'insondable Marthe dont personne ne sait ce qui se trame dans le secret de son cœur, abandonne l'héritage de la Loi hébraïque pour clamer à pleine voix sa foi en Christ Sauveur :

– Oui, Seigneur, je crois que tu es le Christ, le Fils de Dieu, celui qui vient dans le monde !

Jésus est touché par la force de sa déclaration. Il ne lui a pas lâché les mains et lui sourit. Tout à coup, elle le voit regarder au loin, cherchant des yeux quelqu'un qui est absent. Elle comprend et court quérir sa sœur.

– Marie, viens vite, le Maître t'appelle !

Aimantée par la perspective de retrouver celui qu'elle aime, la jeune femme s'élance vers lui. Ses proches pensent que, pétrie de chagrin, elle se rend au tombeau de Lazare. Ils la suivent pour ne pas la laisser seule dans un moment si douloureux.

Jésus stationne à l'entrée du village. Dès qu'elle l'aperçoit, Marie tombe à ses pieds.

– Seigneur, si tu avais été ici, mon frère ne serait pas mort, lui dit-elle, répétant sans le savoir les paroles prononcées par sa sœur.

Son ton est plein d'acrimonie. Elle éclate en sanglots. Dans sa tête, rage et chagrin se mêlent. Dans cette simple phrase, que de reproches tacites… Où était-il donc quand Lazare a trépassé ? Pourquoi n'a-t-il pas accouru pour le sauver ? Que fait-il ici, maintenant qu'il est mort ? Il entend ses questions et ses récriminations muettes. Pourquoi avoir tant tardé, le sait-il lui-même ? C'est comme si l'agonie et la mort de son ami le renvoyaient à ce qu'il va devoir vivre. Depuis l'annonce de la maladie de ce dernier, ce macabre pressentiment ne le quitte plus. La disparition de Lazare le confronte à sa propre fin. Il a déjà prophétisé sa mort à plusieurs reprises depuis le début de son ministère sans que personne, sauf peut-être Marie, n'ait voulu l'entendre. S'il a mis du temps à venir, c'est qu'il peine à accepter cet événement inéluctable. Bientôt, il accédera à cet acquiescement plein et entier de ce qui doit être. Pour l'heure, l'homme-Dieu expérimente la difficulté de penser son trépas.

Les pleurs de Marie redoublent. Sa tristesse émeut Jésus infiniment. Ses larmes coulent à l'unisson des siennes. Il vit dans sa chair le tourment de son amie.

D'une voix blanche, il demande :

– Où l'avez-vous mis ?

– Seigneur, viens voir, lui répondent ceux qui assistent à la scène.

On l'entraîne vers la grotte où repose la dépouille. Avec Marthe, Marie et quelques proches, il pénètre dans l'antichambre du tombeau. Au fond de cet espace creusé dans la roche, une grosse pierre a été roulée pour fermer l'accès au couloir qui mène à la chambre mortuaire conformément à la coutume.

Il frémit. De nouveau, l'horreur de la mort le prend aux tripes. À cet instant, le Fils de Dieu est brutalement ramené à sa condition d'homme périssable. L'infinitude pleure la finitude.

Il vacille mais se ressaisit.

– Enlevez la pierre, ordonne-t-il.

Marthe s'interpose.

– Seigneur, il en est à son quatrième jour et il sent déjà.

Il lui rappelle la belle et criante profession de foi qu'elle a prononcée quelque temps auparavant et la réponse qu'il lui a faite en retour.

– Ne t'ai-je pas dit que si tu crois, tu verras la gloire de Dieu ?

Les hommes se mettent à plusieurs pour rouler la pierre et dégager l'entrée de la pièce où l'on a placé le mort. Une odeur de putréfaction envahit les lieux. Chacun se recouvre le nez d'un linge pour tenter de s'en protéger.

Droit comme un I, Jésus affronte la pestilence. Il regarde la mort au fond des yeux, sachant qu'elle n'aura pas le dernier mot. N'est-ce pas cette Bonne Nouvelle du triomphe des forces de vie sur les ténèbres qu'il est venu annoncer au monde ? Ne se trouve-t-il pas là au cœur même de sa mission ? Il va s'emparer de la mort de Lazare pour démontrer à tous que la Vie transcende le trépas.

Néanmoins, il ne peut rien sans le Père. *Il n'est* que par Lui. Son regard s'élève vers le Très-Haut.

– Père, je te rends grâce car tu m'as écouté. Je savais bien que toujours tu m'écoutes mais j'ai parlé pour ces gens qui m'entourent, pour qu'ils croient que tu m'as envoyé.

Concentré, il prie et ses bras se déploient vers le ciel tandis que chacun l'observe, interdit.

Puis, il appelle d'une voix forte :

– Lazare, lève-toi, viens ici !

Soudain, celui qui était mort sort de la pièce où il reposait, revêtu de la tunique blanche traditionnelle que l'on passe aux défunts. Ses mains et ses pieds sont encore liés par les bandes qui les enveloppent et son visage recouvert du couvre-chef destiné à lui maintenir la mâchoire fermée.

L'assemblée se fige avant de pousser un cri de stupéfaction et de terreur.

– Déliez-le et laissez-le aller, ordonne Jésus.

La première, Marie s'approche de celui qu'elle prend pour un fantôme. Du bout du doigt, elle le touche. Son corps est chaud.

– Il est vivant ! s'exclame-t-elle.

Comme un dormeur somnambule réveillé en sursaut, Lazare paraît hagard. Il regarde autour de lui, complètement désorienté, sans comprendre ce qu'il fait là.

Marie détache ses liens puis l'entraîne pas à pas vers la sortie.

Dehors, l'homme plisse les yeux, aveuglé par le soleil. Immobiles, main dans la main, le frère et la sœur demeurent debout devant la grotte, célébrant la lumière revenue dans une communion silencieuse.

IV

La nouvelle du relèvement de Lazare s'est répandue comme une traînée de poudre. Le Maître a déjà accompli de très nombreux miracles mais celui-ci est, de loin, le plus marquant. Les proches des deux sœurs et de nombreux villageois y ont assisté. Ils ont vu le défunt se ranimer et sortir du tombeau. Depuis lors, ils le côtoient au quotidien et peuvent attester qu'il a repris le cours normal de sa vie.

Alors que Jésus s'attarde encore quelques jours à Béthanie dans la chaleureuse maison de ses amis, un matin, un homme vient le prévenir qu'il doit fuir au plus vite car la police du Temple va venir l'arrêter.

En quelques mots, l'envoyé lui explique que son dernier miracle, connu dans toute la Judée, a ravivé les tensions et les oppositions autour de son identité. Beaucoup pensent que s'il a la capacité de faire renaître un mort à la vie, il appartient au divin. Si certains voient toujours en sa personne un faux prophète, il est considéré comme le Messie incontestable par une grande partie de la population.

Une fois de plus, les pharisiens se sont émus de ces troubles auprès des grands prêtres Hanne et Caïphe, issus du parti des sadducéens, qui ont aussitôt réuni le Sanhédrin afin de débattre collégialement de son sort. Non content d'avoir gravement enfreint la Loi de Moïse à maintes reprises, Jésus se revendique le Fils de Dieu avec une arrogance sidérante. Or, depuis qu'il a fait renaître Lazare, sa célébrité est telle qu'elle menace de faire voler en éclats le pacte tacite passé par l'occupant avec l'aristocratie sacerdotale.

La situation est complexe. Adulé des foules, il se déplace en cortège. Comment l'arrêter sans provoquer une émeute ? Le Sanhédrin tergiverse. Les discussions s'éternisent avant que, finalement, Caïphe tranche : « Il vaut mieux qu'un seul homme meure pour tout le peuple, plutôt que de voir la ruine dans toute la nation. » Son autorité a fait mouche, rapporte l'homme qui est venu alerter le Maître. Les membres du Conseil ont été unanimes : ils ont décidé de l'éliminer.

Marie n'a pas perdu une miette de ce qui s'est dit. À l'annonce du sombre verdict, elle se tord les mains d'angoisse. Il n'y a pas une minute à perdre, il doit partir avant que les soldats viennent le quérir. Tandis qu'elle rassemble les affaires de son bien-aimé et prépare son paquetage, impassible, ce dernier remercie celui qui l'a prévenu. Il réfléchit un moment, puis sort informer les Douze hébergés dans différentes maisons du bourg. Un quart d'heure plus tard, ils sont tous regroupés dans la cour intérieure de la demeure de Marthe, Marie et Lazare.

Éplorés et inquiets, le frère et les deux sœurs font grise mine mais tentent de ne pas le montrer. Marie voudrait se joindre à la troupe. Le danger est trop grand, Jésus refuse catégoriquement qu'elle risque sa peau pour lui. Alors qu'elle insiste en pleurant – ne lui a-t-il pas enseigné qu'il n'y avait pas de plus grand amour que de donner sa vie pour les autres ? –, il l'assure qu'il aura bientôt besoin d'elle et de toute la force de son amour pour vivre les épreuves qui l'attendent. Elle pressent, en effet, que le pire est à venir et se range à ses vues, consciente qu'elle aura une mission essentielle à accomplir sans en connaître encore les contours.

Où va-t-il se réfugier ? Après un bref conciliabule avec ses disciples, le choix se porte sur Éphraïm, petite ville de Samarie, à la frontière de la Judée. Situé aux portes du désert, ce lieu reculé et désolé est idéal pour se faire oublier quelque temps.

Sur le seuil de la maison, la fratrie regarde partir la petite bande, le cœur lourd. Quand la silhouette du dernier des Douze s'estompe dans le lointain, le trio se donne la main pour réciter la prière du Notre Père, remettant le destin de ces derniers entre les mains du Très-Haut.

Les semaines passent sans qu'ils aient de nouvelles du Maître. Au moins sont-ils sûrs qu'il n'a pas été arrêté car une information de cette taille leur aurait été rapportée. Toutefois, ils ne peuvent s'empêcher d'être soucieux.

La Pâque approche et les Juifs montent préalablement à Jérusalem pour se purifier. Ils constatent que Jésus n'est pas dans la ville sainte et chacun se demande s'il va s'y présenter pour l'occasion. La coalition des grands prêtres et des pharisiens a donné l'ordre à quiconque sait où il se cache de le dénoncer.

Six jours avant la fête, Jésus décide de quitter sa retraite pour revenir à Béthanie. À son arrivée, tout le village lui fait fête. Personne n'a oublié l'exploit qu'il a accompli avant son départ. Sa popularité est considérable. On l'accueille sous les vivats.

Dès qu'il apprend la nouvelle de son retour, Simon le lépreux, un notable du bourg, organise un banquet en son honneur. Marthe propose de faire le service. Entouré de Lazare, des Douze et de nombreux villageois, il est célébré comme un roi. La nourriture est opulente, les plats se succèdent, le vin coule à flots. On parle fort, on rit, on chante, on danse, la fête bat son plein quand, soudain, Marie pénètre dans la pièce, l'air affreusement sombre et grave. En apercevant son bien-aimé, elle s'immobilise. Pâle comme un linge, elle semble s'être transformée en statue de sel. La musique s'interrompt. Les conversations aussi. L'assemblée l'observe, interdite. Elle porte un vase d'albâtre renfermant un parfum précieux. Cette fois, il ne s'agit pas de celui qu'elle concoctait pour elle-même dans le secret de sa chambre à Magdala lorsqu'elle était encore la célèbre Marie-Madeleine, mais de nard pur, cette essence rare de très grand prix.

Avec solennité, elle s'approche de Jésus et, répétant le geste qu'elle avait osé deux ans plus tôt chez Simon, le pharisien, elle verse le contenu du flacon sur ses pieds sous l'œil médusé de l'assemblée. Puis, elle s'abaisse et essuie inlassablement de ses cheveux l'huile ambrée tandis que sa fragrance capiteuse envahit la maison.

Elle ne pleure plus sur ses péchés comme la première fois. Ce n'est pas là un acte de repentance et de conversion mais d'adoration pure envers le Messie, l'Oint du Seigneur, qu'elle consacre avant l'épreuve ultime qu'il va subir. Ses yeux sont secs mais son âme est emplie d'une insondable tristesse car c'est bien la mort de Jésus qu'elle prophétise par le renouvellement de ce geste d'une incroyable audace et sensualité. Profondément subversif, il est en totale contradiction avec la culture hébraïque ou hellénistique de l'époque au sein de laquelle l'homme est toujours l'instigateur de l'action tandis que seule la douce passivité féminine se trouve valorisée. Marie n'hésite pas à renverser les normes sociales. Ce soir, elle agit quand Jésus demeure immobile sans manifester la moindre honte vis-à-vis du corps en général. Comme il est de coutume de le faire sur les défunts, elle verse le parfum sur ses pieds et l'étale avec son épaisse chevelure, préfigurant l'embaumement de l'homme qu'elle aime plus que tout et duquel, dans l'intime, elle a pressenti la fin prochaine.

L'un des Douze, Judas Iscariote, s'offusque de voir gâcher une essence si chère.

– On aurait pu le vendre pour trois cents pièces d'argent et on les aurait données aux pauvres, s'exclame-t-il, outré.

En vérité, il n'a que faire des pauvres. Dans la troupe, c'est lui qui tient les cordons de la bourse. Toutes les recettes et les dépenses passent entre ses mains. Durant les mois où Marie a accompagné le Maître sur les routes, à maintes reprises elle a vu cet escroc fourrer des pièces dans ses poches. C'est un voleur de la pire espèce. Hypocrite et veule.

Seul Jésus sait ce qu'annonce le geste de son amie. Il la reconnaît dans l'accomplissement de cet acte comme une vraie disciple car elle a su discerner le sens des événements futurs. Sans doute l'est-elle bien davantage que les autres qui refusent de percevoir la signification prédictive de ce qu'elle est en train d'accomplir. Il intervient pour tenter de le faire comprendre à Judas et aux autres convives stupéfaits.

– Laisse cette femme : elle gardait ce parfum pour le jour de mon enterrement. Vous aurez toujours des pauvres parmi vous, mais moi vous ne m'aurez pas toujours.

Comment pourrait-il être plus clair ? Et pourtant, ni ses compagnons, ni les villageois, ni même Marthe et Lazare ne veulent entendre le funeste présage que ces paroles contiennent.

Le lendemain, Jésus quitte Béthanie pour rejoindre Jérusalem. Cette fois, Marie fait partie du voyage. La nouvelle du miracle de la résurrection de Lazare l'a précédé. La foule veut voir et toucher celui qui en est l'auteur. Il entre dans la ville sainte assis sur le dos d'un ânon. Cette mise en scène rappelle à tous la prophétie de Zacharie rapportée dans les Écritures : « Ne crains pas, Sion, ô ma fille, voici que ton roi vient à toi monté sur le petit d'une ânesse ! » Les habitants acclament le libérateur d'Israël. Munis de palmes, en liesse, ils célèbrent leur roi. Dépités, les pharisiens observent cette ferveur populaire, impuissants à intervenir.

Également témoin de cet emballement, Marie se sent partagée. Gagnée par la joie ambiante, son cœur exulte qu'on fête Jésus mais elle déplore que ses pairs fassent erreur sur sa personne. Il n'est pas là pour guerroyer mais pour apporter la paix au monde. Ce fanatisme va lui attirer les foudres des grands prêtres.

De nombreux Grecs présents à Jérusalem en ces jours de fête assistent eux aussi à cet engouement et, curieux de connaître l'homme qui le suscite, ils demandent à l'un des Douze, Philippe, s'il est possible de le rencontrer. Ce dernier le rapporte à André, et tous deux en avisent le Maître.

– L'heure est venue où le Fils de l'Homme va être glorifié, leur déclare-t-il sans répondre à leur requête.

Puis, il ajoute :

– En vérité, en vérité, je vous le dis : si le grain de blé ne tombe pas en terre pour y mourir, il reste seul. C'est quand il meurt qu'il porte ses fruits. Celui qui tient à sa vie dans ce monde la sauvegarde pour la vie éternelle. Si quelqu'un veut me servir, qu'il me suive, et là où je suis, là aussi sera mon serviteur ; si quelqu'un me sert, le Père saura le récompenser.

Le sens de ces paroles échappe aux disciples. Seule Marie sait les lire et l'effroi qu'elles provoquent en elle lui glace les sangs. Elle dissèque ses mots pour en saisir toute la profondeur. Si le grain porte en lui la vie, cette vie ne peut surgir que de l'ensevelissement dans la terre. Jésus doit mourir pour qu'à l'image du grain de blé qui se décompose avant que n'éclose le germe, sa mort amène à une seconde naissance, fruit sur lequel reposera sa glorification.

Dans un éclair d'extralucidité, elle perçoit que la mort de son bien-aimé est un passage obligé. Quel que soit le supplice qui la précède, cette épreuve ultime a désormais été intégrée et acceptée par lui. Il invite chacun à la dépasser en ayant foi en ce fruit – cette vie qui jaillit de la mort – et à faire un travail similaire de deuil intérieur pour, à son tour, mourir à lui-même puis, nourri de la Parole divine, laisser s'exprimer le fabuleux potentiel qui l'anime. Cette Parole, Jésus n'a cessé de la répandre tout au long de son ministère. Elle doit à présent prendre racine en ceux qui l'ont entendue, mûrir dans l'ombre de l'intime, germiner coûte que coûte en dépit de la sécheresse imposée par les épreuves de l'existence, croître inexorablement jusqu'à faire éclater l'enveloppe de l'ego pour qu'irradie au grand jour l'amour dont elle est porteuse. C'est à ce prix que le grain, devenu fécond, pourra nourrir les autres et transmettre la semence sacrée qu'il renferme, promesse de nouvelles récoltes à venir.

Marie se rebelle contre cette perspective funèbre. Comment pourrait-elle survivre à ce qu'elle redoute le plus au monde ? Perdre celui qu'elle aime au-delà de l'entendement. Si l'intellect évalue l'ampleur du sacrifice auquel il va lui falloir faire face, il n'a aucune prise sur le corps, la chair, qui se révulse à cette idée. L'esprit devra néanmoins reprendre le dessus et relever le défi. Elle comprend qu'à travers la mort de son bien-aimé, Dieu la contraint à faire l'expérience de sa propre mort. N'a-t-elle pas fait le vœu de donner sa vie pour lui ? Il est temps de passer de la théorie à la pratique. En cette heure si grave, elle réalise la radicalité de ce qu'impose sa conversion : elle doit s'ensevelir en Jésus pour fusionner et devenir une même plante.

V

Le 14 Nisan, date à laquelle doit se dérouler le dîner de la Pâque qui sera suivi de sept jours de festivités commémorant la libération du peuple juif de sa captivité en Égypte, tombe cette année un vendredi. Jésus sait sa fin prochaine. Comme il craint d'être arrêté à cette date, il décide de réunir ses disciples autour d'un repas d'adieu dès le jeudi soir.

En cette période à haut risque, la cérémonie se déroule chez l'un des notables de la ville avec lequel il s'est entendu auparavant, résidant à l'extrémité sud-ouest de Jérusalem, sur le mont Sion. Le soir venu, avec les Douze et le groupe des femmes, ils sont accueillis dans la demeure de cet hôte. Pour l'occasion, ce dernier a fait dresser de petites tables dans la chambre haute à l'étage, autour desquelles des coussins ont été posés à même le sol pour que les convives puissent s'étendre dessus comme de coutume dans ce type de banquet.

Ils s'installent à leur aise et conversent entre eux. Avant d'entamer le repas, soudain, Jésus se lève et retire ses vêtements pour passer une serviette dans sa ceinture, imitant la tenue des serviteurs. Il verse de l'eau dans une cuvette et commence à laver les pieds de ses compagnons puis les essuie. Chacun se laisse faire, interloqué par cette posture d'abaissement qui leur semble déplacée de la part de celui qu'ils considèrent comme leur Seigneur et Maître.

Un peu à l'écart avec les autres femmes, Marie comprend qu'en ôtant symboliquement ses habits, il anticipe solennellement le geste de sa vie donnée. De même qu'elle avait répandu sur ses pieds le nard si précieux lors du repas de Béthanie, préfigurant par là le futur embaumement de son bien-aimé, il dépose sa tenue comme son être et sa vie aux pieds des disciples, puis les lave avec une extrême simplicité.

Quand vient le tour de Simon-Pierre, elle l'entend se récrier :

– Seigneur, tu ne vas pas me laver les pieds !

– Tu ne sais pas ce que je vais faire ; tu le comprendras plus tard, lui répond Jésus.

Cependant, le disciple refuse obstinément de se prêter à ce rituel.

– Si je ne te lave pas les pieds, tu ne peux pas rester avec moi.

– Seigneur, dans ce cas, ne me lave pas seulement les pieds, mais aussi les mains et la tête.

Or, les convives ont effectué leurs ablutions avant de venir dîner afin de se purifier. Il est inutile de recommencer, seuls leurs pieds sont souillés. Jésus le rappelle à Simon-Pierre. Mais, sachant que l'un des Douze l'a trahi, il ajoute de façon insidieuse :

– Vous êtes purs mais pas tous.

Sans en dire davantage, il se rhabille et se remet à table.

– Comprenez-vous ce que je viens de faire avec vous ? Si moi, le Seigneur et le Maître, je vous ai lavé les pieds, vous aussi vous devez vous laver les pieds les uns les autres. Le serviteur n'est pas au-dessus de celui qui l'envoie. Si maintenant vous savez ces choses, heureux êtes-vous si vous les mettez en pratique !

Marie le voit ensuite s'emparer du pain, rendre grâce, puis le partager entre les Douze et les femmes en disant :

– Ceci est mon corps, livré pour vous : faites cela en mémoire de moi.

Tous mastiquent lentement le morceau qui leur a été tendu sans saisir la signification de ce qu'ils sont en train d'accomplir.

Puis Jésus prend une coupe remplie de vin. De nouveau, il rend grâce en disant :

– Prenez-la et faites-la passer entre vous. Je ne boirai plus désormais du produit de la vigne jusqu'à la venue du Royaume de Dieu.

Un à un, ils trempent leurs lèvres dans le breuvage tandis qu'il ajoute :

– Cette coupe, c'est la Nouvelle Alliance grâce à mon sang répandu pour vous.

Le dîner auquel ils sont conviés n'est pas à proprement parler un repas de Pâque, durant lequel on mange traditionnellement l'agneau préalablement sacrifié par le prêtre avec des herbes amères et du pain sans levain selon les prescriptions de la Loi juive. Ce banquet a lieu la veille du jour officiel de la fête. Cependant, dans ce contexte d'urgence très particulier où se trouve Jésus, Marie découvre qu'il y pratique un rite inédit à travers lequel il s'offre lui-même aux disciples comme le véritable Agneau et célèbre ainsi avec eux sa propre Pâque, lui donnant, de fait, un sens nouveau et plénier. En lieu et place de l'agneau immolé, c'est bien sa chair et son sang qu'il offre en sacrifice. Tout comme la Pâque juive, annonçant l'Ancienne Alliance conclue sur le mont Sinaï par l'intermédiaire de Moïse entre le peuple hébreu et Dieu, s'était achevée par un repas, à la lumière des événements tragiques qui vont suivre, la jeune femme et les disciples réaliseront que ce dîner d'adieu et son geste prophétique annoncent la Nouvelle Alliance qui sera scellée par sa mort et sa résurrection. À travers le don de lui-même, ils comprendront qu'il est devenu le grand médiateur, Sauveur de l'humanité pécheresse à qui il ouvre la voie d'une renaissance en Dieu.

Pour l'heure, ils observent et exécutent ce que le Maître leur demande, conscients qu'il entend solenniser ce moment singulier.

Le repas se poursuit. On passe les plats et chacun se sert. Tout à coup, il se lève pour prendre une nouvelle fois la parole :

– En vérité, je vous le dis, l'un de vous va me livrer.

Un silence glacé plane sur l'assistance. Les Douze se regardent, interdits, tentant de savoir à qui il fait allusion.

– Serait-ce moi ? lui demandent-ils à tour de rôle.

Il se tait. L'ambiance est lourde. Dans son coin, Marie observe la scène, sûre de participer à l'ultime cérémonie de celui qui règne sur sa vie. L'heure est grave et ce rassemblement prend une coloration particulière dont elle veut capter les moindres tonalités pour les graver à jamais dans sa mémoire. Cela ne fait aucun doute pour elle, c'est Judas Iscariote, le traître. Elle n'est pas sans savoir combien l'homme est âpre au gain et de quelle manière il s'est déjà indûment enrichi sur le dos des disciples en puisant dans la bourse collective. Il médite de vendre Jésus au plus offrant, songe-t-elle. Une question lui traverse l'esprit. Combien les grands prêtres Hanne et Caïphe lui proposeront-ils en échange ? Si elle savait… Il va livrer Jésus contre la promesse de trente pièces d'argent, une belle somme, certes, mais qui n'a rien d'exorbitant au vu de l'enjeu que représente pour eux son arrestation.

Autour de la table principale, les convives se sont remis à manger. Marie, encore sous le choc de cette information, n'a d'yeux que pour Jésus. D'un geste, il vient confirmer ce qu'elle avait deviné. Elle le voit, en effet, chuchoter quelques mots à l'oreille de Jean, le disciple avec lequel il partage une affinité élective. Après cet aparté, il tend à Judas un morceau de pain qu'il trempe dans la sauce du plat pour le désigner ainsi à son compagnon comme le félon.

– Ce que tu veux faire, fais-le tout de suite, dit-il au délateur.

L'homme quitte le banquet. Personne ne prête attention à son départ. Intuitivement, elle perçoit que la trahison du trésorier du groupe est un mal nécessaire pour que les Écritures s'accomplissent. Si Jésus l'a prédit avant même que l'événement ne se produise, c'est que celui-ci est inéluctable. Lorsque les faits seront avérés, les disciples se remémoreront les paroles prononcées. Alors, l'évidence de ce qui leur avait été prédit éclatera au grand jour.

Dès le départ de Judas, Jésus sait que le compte à rebours a commencé. Chaque minute qui s'écoule le rapproche davantage de ce que son esprit a accepté mais que son corps redoute. Il se tourne vers son amie pour puiser dans ses yeux la force d'affronter ce qui est écrit. En lui comme en elle, monte la même tension paradoxale entre l'acquiescement à la volonté divine et le refus de la finitude humaine. L'angoisse l'étreint, il manque de flancher mais l'intensité avec laquelle elle le fixe et l'amour qui émane de son être le soutiennent. Il s'accroche à cet îlot de bonté avant d'entrer de son plein gré dans les eaux troubles et tempétueuses d'un océan dont les premières lames viennent déjà lécher ses pieds.

– Mes petits enfants, reprend-il, empli de toute la tendresse qu'elle vient de lui communiquer. Je suis encore avec vous pour très peu de temps. Vous me chercherez et, comme je l'ai dit aux Juifs, je vous le dis maintenant :

vous ne pouvez pas venir où je vais. Je vous donne ce commandement nouveau : aimez-vous les uns les autres comme je vous ai aimés.

Ce commandement essentiel résume tout son enseignement mais le cerveau de Marie reste bloqué sur la phrase précédente. Elle se redresse. Assise sur son coussin, la tête posée entre ses genoux remontés, elle pleure en silence. « Vous ne pouvez pas venir où je vais. » Ce propos lui paraît inaudible. Elle en retranche intérieurement la négation. Si, bien sûr que si, elle ira où il va ! L'amour peut tout. Pourquoi ne se donnerait-elle pas la mort ? Ainsi affronterait-elle avec lui cette ultime épreuve… L'espace d'un instant, l'espoir renaît de cette prise de décision : mourir ensemble pour se présenter main dans la main devant le Père.

Simon-Pierre semble prolonger ses pensées.

– Seigneur, pourquoi ne pourrais-je pas t'accompagner maintenant ? Je donnerais ma vie pour toi !

Jésus sourit tristement avant de lui répondre :

– Tu donnerais ta vie pour moi ? En vérité, en vérité, je te le dis : avant que le coq chante, tu m'auras renié trois fois.

Marie frissonne. Après la trahison de Judas, se pourrait-il que les disciples abandonnent un à un le Maître ? S'il doit n'en rester qu'une à ses côtés, elle sera celle-là. De nouveau, l'idée l'effleure de le suivre jusque dans la mort.

– Je suis le chemin, la vérité et la vie, poursuit-il.

Ces mots redirigent les folles pensées de son amie. Il est la vie ! Elle doit poursuivre la sienne pour en porter témoignage.

– Personne ne peut aller au Père sans passer par moi, ajoute-t-il. Si vous me connaissez, vous connaissez aussi le Père. D'ailleurs, dès maintenant vous l'avez vu car je suis dans le Père et le Père est en moi.

– Seigneur, montre-nous le Père et cela nous suffit, rebondit naïvement Philippe.

Il se fait plus didactique :

– Ne crois-tu pas que je suis dans le Père, et que mon Père est en moi ? Tout l'enseignement que je vous ai donné ne vient pas de moi, mais le Père demeure en moi pour accomplir ses propres œuvres.

Tendue, Marie écoute avec une attention infinie ce qu'il est en train de dire. Elle sait qu'il livre ici son testament. La quintessence de son message.

Il assure ses disciples que lorsqu'il sera près du Père, son œuvre se perpétuera à travers leurs actions et il illustre ces mots par une allégorie.

– Je suis la vigne et vous êtes les branches. Sans moi vous ne pouvez rien faire, mais celui qui demeure en moi, et moi en lui, porte beaucoup de fruits.

Puis il précise :

– Mon Père est glorifié quand vous portez beaucoup de fruits : c'est alors que vous êtes mes disciples.

Elle sursaute et se souvient de la parabole du grain de blé et la belle image qu'elle lui a inspirée : elle et Jésus fusionnant en une même plante épanouie sous le soleil.

Il ne cache pas à ses compagnons que leur tâche sera ardue mais ils pourront compter sur la protection de l'Esprit-Saint envoyé par le Père qui les guidera et les aidera à comprendre ce qu'ils peinent encore à saisir à cette heure.

Il tente de rasséréner ceux qu'il a choisis et patiemment formés à chaque étape du chemin qu'ils ont parcouru ensemble.

– Je ne vous laisserai pas comme des orphelins, puisque je reviendrai vers vous. Encore un peu de temps et le monde ne me verra plus, mais vous, vous me verrez puisque je suis vivant et que vous aussi vous vivez.

Jusque tard dans la nuit, il monologue sur le même ton empreint de douceur et de pédagogie, leur rappelant encore et encore les enseignements majeurs qu'il leur a délivrés, dont l'amour est tout à la fois le centre et le sens.

Puis, il lève les yeux vers le ciel et déclare :

– Père, l'heure est arrivée : glorifie ton Fils pour que le Fils te glorifie ! Tu lui as donné autorité sur tout être mortel et tu veux qu'il donne la vie éternelle à tous ceux que toi-même lui as donnés. Et cette vie éternelle, c'est de te connaître, toi, le Dieu unique et vrai, et celui que tu as envoyé, Jésus, le Christ.

Les yeux embués, Marie regarde celui qui tutoie le Très-Haut dans cette intimité inédite dont ils sont tous témoins. Elle absorbe ses paroles pour les imprimer à tout jamais dans sa mémoire.

– J'ai fait connaître aux hommes ton nom. Maintenant ils savent que tout ce que tu m'as donné vient vraiment de toi. Que tu m'as envoyé. C'est pour eux que je prie. Père saint, garde-les en ce nom que tu m'as donné, pour qu'ils soient tous comme nous. Garde-les du mauvais. Comme tu m'as envoyé dans le monde, moi aussi, je les envoie. Et je prie pour tous ceux qui croiront en moi grâce à leur parole. Qu'ils soient tous Un.

PASSION

I

Au cœur de la nuit, Jésus quitte les lieux suivi de ses disciples et des femmes. Tous se dirigent vers le mont des Oliviers où ils établissent souvent leur campement lorsqu'ils demeurent dans la ville sainte. En cette période de fête, nombre de pèlerins y dorment comme eux à la belle étoile.

Il fait très sombre dans les rues de Jérusalem. Marie et ses compagnes perdent de vue le groupe des hommes qui marchaient devant elles. Elles pensent les retrouver en haut de la colline mais lorsqu'elles arrivent sur place, ils ne sont pas là.

Épuisées, elles s'allongent dans l'herbe épaisse et s'endorment sur-le-champ au milieu des autres pèlerins, à l'exception de Marie que l'inquiétude tient éveillée. Il est tard, la ville est assoupie ; la rumeur s'est tue. Soudain, un cri, ou plutôt un gémissement, déchire le silence. Elle se dresse sur son séant et tend l'oreille, aux aguets. Plus aucun bruit ne trouble la nuit.

Elle pense avoir rêvé quand, de nouveau, une plainte se fait entendre, ténue mais perceptible, puis quelques mots inaudibles comme étouffés par les sanglots. Il lui semble reconnaître l'intonation de la voix de Jésus. Se pourrait-il que les hommes se soient regroupés sur le terrain de la petite exploitation agricole de Gethsémani, un peu plus bas, un autre endroit où il leur arrive de se reposer ? Sur ce terrain clos, une grotte permet de se mettre à l'abri en cas d'intempéries. Ce soir, comme il ne pleut pas, elle croyait qu'ils se retrouveraient en haut de la colline.

Brusquement, une certitude la saisit : les cris de désespérance qu'elle a entendus émanent de Jésus. Tout à l'heure, l'une des femmes avait pris soin de se munir d'une torche pour se diriger à travers les ruelles de Jérusalem puis, passé l'enceinte de la ville, traverser le cours d'eau du Cédron, à sec en cette saison, et permettre l'ascension du mont des Oliviers. À présent, sa flamme s'est éteinte. Elle voudrait courir jusqu'à son bien-aimé mais la nuit est si noire qu'on n'y voit pas à un mètre. Comment se diriger dans l'obscurité ? Elle s'en veut. Pourquoi n'est-elle pas à ses côtés pour l'envelopper de sollicitude au moment où il a le plus besoin d'elle ? Séparée de lui, elle se sent impuissante, plongée dans l'opacité nocturne, reflet de ses propres ténèbres.

En contrebas, Gethsémani est l'antichambre de la mort qui attend Jésus dans quelques heures. Il affronte seul l'angoisse et la peine. Marie vit la même tragédie intérieure. Leurs deux désarrois se font écho.

Tandis qu'il tremble de peur, elle grelotte d'effroi. Tandis que le corps du Maître se recouvre de sueur, les larmes noient le visage de la jeune femme. Tandis qu'il prie et implore le Père de lui épargner le supplice à venir, humain, infiniment humain dans la détresse, de toute son âme, elle supplie le Ciel de venir en aide à l'amour de sa vie. Tandis qu'il se tourne vainement par trois fois vers ses disciples endormis pour trouver auprès d'eux un peu de réconfort, elle appelle Jeanne sans qu'elle s'éveille… Ivres de vin et de fatigue, hommes et femmes sont plongés dans un sommeil profond, abandonnant Jésus et Marie à leur désolation.

Comme une bête traquée, il sent la mort qui rôde autour de lui et la repousse. Pourtant, en cette nuit tragique, l'agonie a déjà commencé. La tristesse et le doute s'insinuent. Le Père lui demande-t-Il vraiment de sacrifier sa vie ? Certes, il est le Fils de l'Homme mais le tribut à payer lui paraît soudain exorbitant. Où trouvera-t-il la force d'assumer sa destinée ?

– Marie… Marie…, murmure-t-il en sanglotant.

Si elles portent toutes deux le même prénom, ce n'est pas sa mère mais sa merveilleuse amie qu'il invoque dans la pénombre. La seule en qui il pourrait puiser cette force.

Au même moment, recroquevillée sur elle-même, cette dernière adjure le Très-Haut de faire un signe à son Fils pour l'aider à surmonter son tourment.

Le tonnerre gronde, un éclair cisaille le ciel. Jésus sursaute, lève les yeux. Face à lui, un homme vêtu de blanc le regarde et lui sourit. Resplendissant, il pose sa main sur l'épaule de l'éploré. Aussitôt, l'amour brûlant du Père le parcourt de part en part et desserre l'étau de l'angoisse. Transcendant la peur, le chagrin et la mort, le flot de tendresse divine se répand tel un baume et le ramène résolument sur le versant de la vie.

En lui, les tensions se relâchent. Docile, il acquiesce et s'en remet à la volonté suprême.

– *Abba*, Père, non pas comme *je* veux mais comme *tu* veux.

De son côté, Marie s'apaise. Vaillamment, elle accepte « ce qui est ».

Pendant quelque temps, chacun reste cloîtré en lui-même, goûtant les derniers instants de calme avant la tempête. Ils louent en chœur le Seigneur.

Tout à coup, Marie aperçoit un long serpent lumineux en contrebas de la colline. Elle se met debout et distingue des torches qui se dirigent vers le jardin de Gethsémani. Grâce à leur scintillement, elle peut enfin s'orienter dans la nuit et se précipite sur les lieux.

Lorsqu'elle arrive sur l'exploitation, elle aperçoit les soldats du Temple munis d'épées, accompagnés des gardes et des serviteurs des grands prêtres portant matraques et gourdins. Elle se cache derrière un tas de branchages pour observer la scène. En tête de cortège, Judas Iscariote s'approche du Maître.

– Rabbi, s'écrie-t-il en l'embrassant.

Le groupe d'hommes entoure Jésus que le traître vient de leur désigner par ce perfide baiser.

– Qui cherchez-vous ? demande-t-il, sachant très bien qu'ils viennent l'arrêter.

– Jésus, le Nazôréen.

– C'est moi. Si c'est moi que vous cherchez, laissez ceux-là s'en aller, leur répond-il en désignant de la main ses disciples.

Elle se souvient de la phrase qu'il a adressée à Dieu lors du banquet. Elle n'y avait pas prêté attention. Désormais, elle prend tout son sens : « Je n'ai laissé perdre aucun de ceux que tu m'as donnés. » Ce qu'il a prophétisé est en train de s'accomplir. Elle sait qu'il ne luttera pas contre ce qui doit advenir. La seule chose qu'il demande aux soldats, c'est d'épargner ses compagnons.

Cependant, Simon-Pierre brandit son épée et frappe l'un des serviteurs. L'oreille droite de ce dernier vole dans les airs avant de retomber dans l'herbe. Marie manque de défaillir. L'homme pousse un hurlement de douleur mais Jésus s'approche de lui, touche sa plaie béante et le guérit.

– Remets l'épée au fourreau, intime-t-il à son disciple. Est-ce que je peux ne pas boire la coupe que mon Père m'a donnée ?

Le Fils a accepté son sort et refuse que le sang soit versé pour le défendre. Horrifiée, Marie voit les soldats et les gardes se jeter sur lui et le lier avec des cordes. Elle sait qu'ils vont le conduire chez Hanne, le beau-père de Caïphe, Grand Prêtre en fonction cette année-là.

Son palais résidentiel se situe sur la ville haute, dans le quartier où les grandes familles sacerdotales sont établies.

Simon-Pierre et Jean suivent le cortège. Un peu à distance pour ne pas se faire repérer, elle leur emboîte le pas. Arrivée devant la belle demeure, elle constate que le premier, pris de peur, renonce à s'avancer alors que le second, manifestement connu du propriétaire des lieux et de ses sbires, n'hésite pas à pénétrer dans l'enceinte du palais. Pour ne pas laisser son compagnon sur le seuil, Jean revient sur ses pas et demande à la servante qui surveille l'entrée de le laisser venir avec lui.

– Toi aussi tu es un des disciples de cet homme ? demande-t-elle à Simon-Pierre.

Prudemment, il répond par la négative. Comment peut-il être aussi pleutre ? Marie n'en croit pas ses oreilles… Le voilà maintenant qui passe sous le porche. En cette fin de nuit, le froid est perçant. Les gardes discutent autour d'un feu. Il se mêle à eux pour profiter de la chaleur.

Plus téméraire, Jean traverse la cour d'un pas sûr et entre à l'intérieur de la maison. Sans doute rejoint-il la pièce où est interrogé Jésus, songe-t-elle. Au moins aura-t-il à ses côtés l'un des siens au moment où, entouré de plusieurs membres de l'aristocratie sacerdotale et des docteurs pharisiens, Hanne essaie de faire parler celui que le peuple célèbre comme le grand libérateur d'Israël. Il lui est facile d'imaginer les questions que lui posent ses détracteurs car ce sont toujours les mêmes depuis des mois. Est-il le Messie ? Quel est le contenu de son enseignement ? Qui sont ses disciples ? Il ne s'est pourtant jamais caché. Il a prêché sur l'esplanade du Temple au vu et au su de tous. Que pourrait-il leur dire de plus que ce qu'il a maintes fois affirmé ? Oui, il est le Fils de Dieu.

Elle sait qu'en réitérant cette affirmation, il sera de nouveau raillé et accusé de blasphème. Elle tremble de tous ses membres, anticipant ce qui en découlera.

Elle s'approche au plus près du porche du palais. Cachée dans un renfoncement de la rue, de là où elle se trouve, elle peut observer ce qui se passe dans la cour sans être aperçue. Les gardes se tournent vers Simon-Pierre.

– Bien sûr, toi aussi tu fais partie de ses disciples, les entend-elle lui dire en désignant de la tête l'endroit où Jésus est actuellement soumis à la question.

– Non, je n'en suis pas.

Elle se mord les lèvres pour ne pas hurler.

Or, l'un des serviteurs présent à Gethsémani durant l'arrestation le reconnaît.

– Mais oui, je t'ai vu avec lui dans le jardin !

– Non, je vous dis que je n'en suis pas, répète-t-il obstinément.

À ce moment précis, le chant du coq célèbre les premières lueurs de l'aube et Marie esquisse un mouvement de recul en voyant Jésus, dépenaillé et ensanglanté, sortir de la maison entre deux gardes et pénétrer dans la cour.

On l'emmène chez Caïphe. Le regard de Jésus croise celui de Simon-Pierre qui, comme la jeune femme, se remémore son funeste présage : « Avant que le coq chante, tu m'auras renié trois fois. »

La honte envahit le disciple. Plein de remords, il baisse les yeux et sort, en larmes.

II

Sur ordre de Hanne, les gardes ligotent Jésus et, après que le prisonnier est conduit chez Caïphe, il est décidé de le remettre aux autorités civiles pour le faire juger. Les grands prêtres et les pharisiens présents lors de l'interrogatoire se dirigent donc vers la demeure de Ponce Pilate.

En cette période où les pèlerins affluent de toutes les provinces du pays, comme chaque année, celui qui porte le titre de procurateur de Judée, d'Idumée et de Samarie a quitté sa résidence principale de Césarée pour siéger à Jérusalem dans le palais construit par Hérode le Grand. Il est à cran. La densité de population dans la ville sainte durant les fêtes est propice aux mouvements de foule, aux bagarres, aux vols et autres méfaits. L'empereur Tibère qui l'a nommé ne badine pas avec l'ordre public. Pilate a eu beau lui faire allégeance de maintes façons, le plus souvent en affichant ostensiblement la puissance païenne de Rome, ce qui a déclenché l'ire de la population juive, il sait que la période est à risques. Il n'a pas droit à l'erreur.

Le vaste palais hérodien flanqué de trois grandes tours a été édifié sur le point culminant de la ville. Il n'est qu'à quelques centaines de mètres du quartier où se situe celui de Caïphe. La délégation arrive rapidement sur les lieux mais aucun des membres qui la composent ne peut pénétrer dans l'enceinte de la bâtisse sous peine d'être souillé. Le palais est une demeure romaine, donc impure, il n'est pas question d'en franchir le seuil, qui plus est en cette veille de Pâque où le soir même ils mangeront l'agneau sacrifié l'après-midi sur l'autel du Temple. Ils demandent aux gardes du palais d'aller quérir Ponce Pilate tandis qu'ils patienteront sur la place voisine.

Clandestinement, Marie les a suivis. Un peu à l'arrière du groupe et cachée derrière un arbre, elle se tord le cou pour apercevoir Jésus. Son cœur se soulève en constatant le piteux état dans lequel l'ont mis les brutes qui l'encadrent. Sa joue est marquée d'une profonde balafre. Le sang qui a coulé sur son visage, à moitié coagulé, lui donne une allure de grand blessé. Sur ses bras, elle distingue de grosses traces rouges et boursouflées, signes qu'il a été battu. Submergée par l'émotion, elle sent monter en elle une haine féroce. Elle voudrait honnir les gardes par ses injures, leur faire mordre la poussière, leur arracher les yeux… Du calme ! Elle inspire une grande bouffée d'air frais pour tenter de retrouver un peu de sang-froid. À cet instant, une voix intérieure lui rappelle le commandement principal donné par Jésus à ses disciples quelques heures auparavant lors du banquet : « Aimez-vous les uns les autres comme je vous ai aimé. » Certes, mais comment faire pour aimer ceux qui se sont comportés de façon aussi indigne à son égard ? Comment aimer l'autre quand il est votre bourreau ? En extirpant toute haine de son propre cœur, lui aurait-il répondu, car tout commence par soi-même. Le mal logé en soi étant de même nature que celui qui siège dans celui de l'ennemi. Elle réfléchit. Sa révolte est légitime. D'ailleurs, elle sait que le Maître lui-même s'est maintes fois révolté, par exemple quand il a osé renverser les tables des changeurs sur l'esplanade du Temple. Si cette colère est saine et peut constituer un tremplin pour corriger une situation injuste, elle ne doit pas être un prétexte à la haine. Opposer au mal un supplément d'amour et de bonté lui apparaît soudain comme le seul remède permettant de lui faire barrage et d'enrayer l'engrenage qu'elle instaure.

Elle observe attentivement les gardes en essayant de comprendre ce qui a présidé au déferlement de leur violence. Que voit-elle ? De pauvres hères à la solde des grands prêtres, contraints de faire la sale besogne qui leur a été confiée. Quant aux sadducéens et aux pharisiens, ce qui transpire de leur attitude, c'est la peur. Jésus est pour eux l'homme à abattre car non seulement il bouscule de fond en comble leurs croyances mais surtout il menace de renverser l'ordre établi dont ils ont dicté les règles. Ce n'est pas leur Dieu qu'il blasphème mais leur statut et leurs privilèges que son charisme, ses paroles et ses actes remettent foncièrement en cause. Si le peuple juif reconnaît en Jésus le Messie, les grands prêtres n'auront plus la mainmise sur leurs coreligionnaires. Aveuglés par la crainte de se voir déchus, ils sont imperméables au message suprême qu'il porte au monde. Plutôt que de les blâmer, Marie songe qu'elle doit prier pour ceux dont l'âme est si sombre qu'elle fait obstacle à la lumière de la vérité divine.

Après s'être longuement fait attendre, le préfet, revêtu d'une tunique blanche à manches courtes sur laquelle il a drapé une toge écarlate, apparaît enfin sur le seuil du palais et daigne s'approcher du groupe.

– De quoi accusez-vous cet homme ? demande-t-il tout de go à Hanne et à Caïphe.

Pilate connaît très bien le second. C'est le plus haut représentant de la communauté juive. Depuis des années, il s'appuie sur lui pour asseoir sa gouvernance et contrôler par son intermédiaire une population dont la culture et les rites religieux lui sont incompréhensibles. Lorsqu'il a pris ses fonctions la douzième année du règne de Tibère, il n'a maintenu Caïphe dans les siennes que pour mieux s'assurer ses services en sous-main. Il n'a toujours eu que mépris pour le Grand Prêtre et ceux qu'ils représentent.

– Si ce n'était pas un malfaiteur, nous ne serions pas venus te l'amener, répond ce dernier en courbant l'échine en signe d'allégeance.

Ponce Pilate ironise.

– Gardez-le donc et jugez-le selon votre Loi.

Il sait très bien ce que cette petite délégation a l'intention de lui demander. Ces gens font tous partie du Sanhédrin. Toutefois, ce Conseil est loin d'être ici au complet. À cette heure très matinale et en ce vendredi de Pâque, il est clair que cette haute instance n'a pu être réunie. Seuls quelques-uns de ses membres sont venus le trouver pour qu'il juge Jésus à la va-vite et le condamne à mort afin de se débarrasser de lui. À supposer que le Sanhédrin ait pu statuer sur son sort, il n'aurait pas eu le pouvoir d'ordonner sa mort car la Loi juive interdit une telle sanction. C'est pourquoi Caïphe, au nom de la duplice collaboration qui les lie, vient demander son aide à Pilate.

Le préfet a déjà entendu parler de Jésus. Il le prend pour un de ces faux prophètes à moitié fou qui pullulent dans le pays. Il ne voit vraiment pas à quel titre le condamner à la peine capitale mais, pour couper court, il demande à ses gardes de lui amener le prisonnier.

Toujours cachée, Marie pleure en les voyant l'empoigner et le faire traverser la place pour pénétrer dans l'enceinte du palais. Pilate leur donne l'ordre de s'arrêter dans la cour afin que les Juifs puissent assister de l'extérieur à la scène qui va suivre. La jeune femme laisse la délégation s'approcher du porche. Lorsqu'ils ont tous le dos tourné, elle en profite pour s'avancer et se dissimuler derrière un autre arbre.

– C'est toi le roi des Juifs ?

Est-il, oui ou non, à la tête d'un mouvement de libération nationale ? Voilà ce que le préfet aimerait savoir. Le cas échéant, s'il s'avérait qu'il avait fomenté contre le pouvoir romain en place, il pourrait être poursuivi pour crime de lèse-majesté et serait passible de la peine de mort.

– Ce que tu me dis là, est-ce ce que tu penses, ou est-ce d'autres qui te l'ont dit de moi ? répond le Maître.

– Je ne suis pas Juif, moi. C'est ton peuple, ce sont les chefs des prêtres qui t'amènent devant moi. Qu'as-tu fait ?

– Ma royauté ne me vient pas de ce monde. Si ma royauté était de ce monde, mes gens auraient combattu pour que je ne sois pas livré aux Juifs. Mais non, ma royauté n'est pas d'ici-bas.

Pilate ne comprend pas ces mots. « Ma royauté n'est pas de ce monde », cela ne signifie rien pour lui. Sa réalité se limite à la stricte matérialité des choses, toute royauté ne peut être que terrestre. Encore une fois, il pense que cet homme est délirant mais, par acquit de conscience, il le relance.

– Donc, tout de même, tu es roi ?

– Tu dis bien : je suis roi. Je rends témoignage à la vérité, c'est pour cela que je suis né et que je suis venu dans le monde. Tous ceux qui sont pour la vérité écoutent ma voix.

– Où est la vérité ? demande Pilate, exaspéré par ces arguties qui, décidément, le dépassent.

Il sort sous le porche et s'adresse à la délégation qui n'a pas perdu une miette du dialogue entre les deux interlocuteurs.

– Je ne trouve chez cet homme aucun motif de condamnation.

Pleine d'espérance, Marie se dit que sous son air sévère et intransigeant, le préfet est quelqu'un de sensé. Ne disposant d'aucune charge contre Jésus, il va le laisser partir et les grands prêtres en seront pour leurs frais. Hélas, elle n'a pas le temps de se réjouir que ces derniers surenchérissent.

– Il enseigne à travers tout le pays des Juifs et il soulève le peuple ; il a commencé en Galilée et il est venu jusqu'ici.

En entendant le nom de la province de Galilée, il vient une idée à Pilate. Comme Hérode Antipas est à Jérusalem en cette semaine de fêtes, il médite de lui demander son avis. Ce sera pour le préfet une manière de faire allégeance à ce dernier en reconnaissant sa très haute autorité et surtout, de surseoir à statuer. Cet intermède lui permettra de réfléchir et, qui sait, de se décharger du « problème Jésus » si d'aventure le tétrarque demandait à juger celui qui, après tout, est un natif de la région qu'il administre.

Le prisonnier est conduit au palais d'Hérode Antipas situé au sein du vieux quartier de la ville sainte. La délégation sadducéenne et pharisienne le suit. Dans la plus grande discrétion, Marie fait de même.

III

Arrivée à l'entrée de la demeure du monarque, cette fois, elle se mêle à la foule des badauds massés derrière les grands prêtres et les scribes pour assister au tragique spectacle qui se déroule dans la cour. Lorsqu'elle aperçoit Hérode Antipas, tout sourire, s'approcher de Jésus, elle fait un bond dans le passé. Cela fait trois ans qu'elle a quitté Magdala et Tibériade où elle partageait son temps, mais une éternité semble la séparer de son ancienne vie. Elle regarde l'homme à la table duquel elle a si souvent été conviée. Gros et fat, il est resté le même. Elle l'a toujours détesté. À l'époque, pour gagner ses galons à la cour et côtoyer l'élite aristocratique, il lui fallait feindre de trouver aimable le roi de Galilée et de Pérée. Elle ne voyait alors aucun inconvénient à pratiquer l'art de l'hypocrisie. Comme cette vile mascarade lui paraît loin…

Le tétrarque semble aux anges. Voilà qu'on lui apporte sur un plateau l'agitateur qu'il n'a cessé de poursuivre sans relâche. Maintenant qu'il est entre ses griffes, il en profite pour lui poser les questions qui lui brûlent les lèvres depuis toujours. Ce qu'il aimerait par-dessus tout, c'est qu'il accomplisse un miracle. On lui a tant parlé de ses prodiges. Qu'il lui montre enfin de quoi il est capable ! Mais Jésus se mure dans le silence tandis que les Juifs massés à l'extérieur continuent de chauffer à blanc Hérode en multipliant leurs accusations contre lui.

Si jusqu'ici il craignait l'influence de Jésus sur le peuple, le voir dans un si piteux état le fait changer d'avis. Pilate le lui a amené et il salue ce geste amical mais, rassuré de voir qu'il ne représente plus aucune menace pour son pouvoir, il le lui renvoie, non sans l'avoir préalablement raillé et humilié pour amuser sa garde et l'auditoire.

La délégation repart donc vers le palais du préfet, suivie par la foule des curieux qui gonfle au fil de la matinée. Sur le seuil de sa demeure, il s'adresse aux grands prêtres et aux scribes en ces termes :

– Vous me l'avez présenté comme un meneur subversif, mais quand je l'ai interrogé devant vous, je ne lui ai trouvé aucun des délits dont vous l'accusez. Hérode non plus : voyez comme il nous le renvoie. Il est clair qu'il n'a rien commis qui mérite la mort, aussi, après l'avoir corrigé, je le relâcherai.

Marie sait qu'il est d'usage que soit libéré un prisonnier pour la Pâque. Naît en elle un fol espoir. L'idée que son bien-aimé soit battu lui fait horreur mais, s'il faut en passer par là pour qu'il lui soit rendu, elle en accepte le principe. Elle le soignera, le cajolera, fera tout ce qui est en son pouvoir pour lui faire oublier ce qu'il a subi.

Hélas, les Juifs surenchérissent.

– Pas celui-ci ! Relâche Barabbas !

Ce nom ne lui est pas inconnu. Barabbas est un émeutier et un brigand qui a beaucoup fait parler de lui ces derniers jours car il a commis un meurtre à Jérusalem. Comment peuvent-ils demander la remise en liberté d'un assassin alors que Jésus n'est coupable de rien ? C'est inouï, se dit Marie qui prend conscience que l'évidence de son innocence ne fera pas plier la délégation. Ils iront jusqu'au bout de leur projet en toute mauvaise foi.

Pilate se sent acculé. Pour faire baisser la pression qui pèse sur lui et tenter de satisfaire l'appétit de violence de la foule, il donne l'ordre à ses gardes de flageller Jésus. Marie baisse les yeux, incapable de supporter un tel spectacle. Elle entend les claquements du fouet en rafales et les sinistres gémissements qu'ils arrachent à la victime. La nausée s'empare d'elle, son corps se couvre de sueur. Tout tourne, sa vue se brouille mais elle tient bon et ne tombe pas. Stoïque, elle décide d'affronter la scène et relève la tête.

Debout, entièrement dénudé, le ventre collé contre un pilier, les mains liées, son bien-aimé endure son supplice tandis que ses râles se mêlent aux cris des badauds assoiffés de sang.

Les coups s'enchaînent, rythmés, interminables. Certains s'amusent à les compter. Ils en sont à plus d'une centaine quand, enfin, Pilate lève le bras. Essoufflés, les bourreaux jettent les fouets à terre. Le détenu est détaché. Hagard, comme s'il avait déjà quitté ce corps en charpie qui n'est plus le sien, il s'écroule à terre, presque inconscient.

Marie a mal partout. Sa peau la brûle. Il lui semble avoir subi la même torture que celle infligée à Jésus. Ses yeux piquent d'avoir trop pleuré. Sa gorge n'est qu'un nœud d'où aucun son ne peut sortir. Secouée de trémulations incoercibles, elle ne quitte pas du regard la cour.

Les gardes se rassemblent en ricanant. Que mijotent-ils ? Dans un coin, un tas de ronces couvertes d'épines leur sert de petit bois pour allumer le feu. Ils s'en emparent et tressent à la va-vite une horrible couronne qu'ils enfoncent sur la tête du prisonnier en l'entaillant profondément. Le sang coule, ruisselle dans ses cheveux, sur son front et le long de ses tempes. Non contents de leur forfait, voilà qu'ils jettent sur ses épaules un manteau rouge, symbole du pouvoir romain. Hilares, les uns après les autres, ils défilent et se penchent devant cet empereur d'opérette, courbettes fielleuses assorties d'autant de gifles et de coups de poing. « Salut, roi des Juifs ! » hurlent-ils chacun leur tour, trop heureux de montrer par ces pantalonnades combien ils détestent ce peuple occupé par la puissance romaine dont ils sont le bras armé.

Pilate s'amuse des simagrées de ses gardes. Ce spectacle l'enchante. Lui-même n'a que mépris pour les grands prêtres, à qui il compte rendre en lambeaux le misérable condamné qui prétend être leur roi. À travers les outrages que lui fait subir sa soldatesque, il se moque ouvertement des hauts dignitaires sacerdotaux.

Il sort de nouveau pour leur servir le même couplet que précédemment.

– Je vais vous l'amener dehors, mais sachez bien que je ne trouve rien à condamner chez lui.

Les gardes font avancer Jésus. Revêtu de cette toge de même couleur que le sang qui suinte de son corps et la tête recouverte de l'ignoble couronne d'épines, il peine à tenir debout.

– Voici l'homme ! crie le préfet dans un éclat de rire tonitruant.

Cette image est insoutenable. Marie pense avoir touché le fond de l'abomination humaine. Si elle savait… Le pire reste encore à venir.

– Mets-le en croix ! Mets-le en croix ! l'adjurent les chefs des prêtres, ignorant l'ironie de Pilate.

Ce dernier continue à se gausser.

– Prenez-le vous-mêmes et mettez-le en croix, car moi, je ne lui trouve rien à condamner, leur répète-t-il pour la troisième fois.

Il a compris la stratégie des Juifs. Ils ont d'abord tenté de lui faire croire que Jésus était un dangereux nationaliste projetant de renverser le pouvoir. Comme ce stratagème n'a pas fonctionné, ils vont désormais droit au but et lui demandent d'exécuter la décision qu'ils ont prise sans avoir le droit de la rendre. De fait, ils se montrent très explicites.

– Nous avons une Loi, et, d'après la Loi, il doit mourir, car il s'est proclamé Fils de Dieu.

En entendant ces mots, le visage de leur interlocuteur se ferme. À ses yeux, le seul dieu qui existe est l'empereur César Auguste. Personne ne peut prétendre être au-dessus de Tibère, son fils adoptif et successeur. Jésus aurait-il la prétention de rivaliser avec lui ? Si tel était le cas, l'homme serait, en effet, passible de la peine capitale. Soudain inquiet, il retourne dans la cour pour l'interroger.

– D'où es-tu ?

Jésus se réfugie dans le silence, ce qui accroît l'anxiété et l'agacement de celui qui le questionne. Marie perçoit que la situation est en train de changer du tout au tout. En fin de compte, l'homme qu'il prenait pour un fou sans danger s'avère susceptible de le mettre sérieusement dans l'embarras vis-à-vis de l'empereur dont il a pour mission de défendre le nom et l'autorité.

– Tu ne veux pas me parler ? Ne sais-tu pas que je peux te relâcher et que je peux aussi te mettre en croix ? le relance-t-il, hors de lui.

Le détenu sort de sa réserve.

– Tu n'aurais aucun pouvoir sur moi si tu ne l'avais pas reçu d'en haut. Pour la même raison, celui qui m'a livré entre tes mains porte un plus grand péché que toi.

Que dit-il ? Jésus paraît affirmer que Pilate ne détient pas son autorité de l'empereur mais d'une puissance céleste à laquelle, décidément, il n'entend rien. Bien qu'il ait été fouetté, battu, raillé, il a encore la morgue de lui répondre par une énigme. Après s'être amusé à ses dépens, le préfet ressent un malaise qui ne cesse de grandir. Dépassé par les événements, il souhaiterait le relâcher d'autant qu'il se remémore la recommandation de son épouse au réveil : « Ne lui fais rien ; c'est un homme droit et j'ai eu cette nuit à cause de lui un rêve qui m'a fait beaucoup souffrir. » Un songe dont il se demande soudain s'il ne serait pas prémonitoire…

– Si tu le relâches, tu n'es pas l'ami du César. Ceux qui se proclament roi se rebellent contre le César, lui rétorquent les Juifs pour ne pas qu'il flanche.

Leur intimidation fait mouche. Il doit intervenir sinon les représentants sacerdotaux iront trouver Tibère pour se plaindre de ce qu'il n'ait pas su faire respecter son autorité.

L'heure est grave. Il ne peut plus se défiler. Il ordonne à ses gardes de faire conduire Jésus au Lithostrotos, ce tribunal situé au sein de la forteresse hérodienne de l'Antonia au nord-ouest du Temple. Comme précédemment, la délégation juive et la foule suivent le détenu et sa garde rapprochée. Une fois sur place, plutôt que de s'asseoir lui-même sur le siège curule où les représentants du pouvoir romain, détenteurs de l'*imperium* – droit de contraindre et de punir –, rendent habituellement leurs jugements, Pilate y fait asseoir le prisonnier. Scène ahurissante : Jésus, écorché vif, dont la cape rouge rappelle celle des empereurs romains et la couronne d'épines, celle de lauriers, trône sur la chaise emblématique du pouvoir.

– Voici votre roi, se gausse le préfet en le désignant aux Juifs dans un geste emphatique.

Au-delà de cette énième raillerie, Marie comprend que quelque chose d'incroyablement symbolique se joue dans cette pitoyable mise en scène : Jésus siège à son propre tribunal, tout à la fois victime expiatoire, tel l'agneau sacrifié de la Pâque, et juge des autorités juives et romaines qui veulent sa peau. En dépit des moqueries dont il fait l'objet, il est l'authentique Fils du Père, transcendant les viles existences de ses oppresseurs.

– À mort, à mort ! hurle la foule.

– C'est votre roi que je dois mettre en croix ?

– Nous n'avons pas d'autre roi que César ! rétorquent les grands prêtres.

Marie n'en revient pas d'un tel cri du cœur. L'empereur romain serait-il donc devenu le roi des Juifs ? Quelle capitulation devant l'occupant et quelle renonciation à leur foi qui n'a jamais reconnu d'autre roi que Dieu !

C'est une menace claire et réitérée d'en référer à Tibère. Pilate se voit contraint de plier.

IV

Marie se rend à l'évidence, il n'y a plus aucun espoir. Éplorée, elle patiente, résolue à accompagner Jésus jusqu'au bout de son calvaire qui est pareillement le sien tant elle vit par procuration les souffrances qu'il endure.

À la place de la toge ridicule qu'on l'avait contraint de revêtir, ses bourreaux lui ont remis sa tunique qui s'est aussitôt tachée de sang. Sur la tête, Pilate a ordonné qu'on lui laisse cette abominable couronne d'épines pour mieux se moquer de ce prétendu « roi des Juifs » dramatiquement mal en point.

Les gardes apportent une grande croix en bois, si lourde qu'ils doivent se mettre à trois pour la porter. Avec des cordes, ils fixent sa partie horizontale sur les épaules du prisonnier et laissent pendre le pieux vertical le long de son dos. Son amie voit Jésus plier sous le poids et manquer de tomber. Il parvient néanmoins à garder l'équilibre et, courbé en deux, à faire quelques pas en direction de la sortie.

La foule le suit. Elle demande à l'un de ses voisins s'il sait où on l'emmène. Les exécutions se déroulent un peu en dehors de l'enceinte de la ville dans une carrière abandonnée où ont été creusées des grottes sépulcrales, lui répond-il, sur le mont Golgotha – qui signifie « le crâne » en hébreu – ainsi dénommé car le sommet sur lequel on élève les croix rappelle précisément cette forme. Le lieu est à environ cinq cents mètres.

Après le procès inique de Jésus, deux autres détenus ont été rapidement jugés. Des voleurs pris en flagrant délit de rapine avec violence dans les rues de Jérusalem grouillante de pèlerins. La sentence du préfet est tombée : ils seront crucifiés aux côtés de ce grotesque « roi des Juifs » comme il se plaît à appeler le prisonnier pour se moquer encore et toujours de ceux qui l'ont acculé à le condamner. Personne ne prête attention à ces deux larrons qui, à l'arrière du cortège, portent eux aussi leur croix jusqu'au lieu du supplice.

À peine Jésus passe-t-il le seuil de la forteresse d'Antonia qu'il vacille et s'écroule. Un garde le relève et lui assène des coups pour le faire avancer. Après quelques pas, il retombe à terre. Les soldats s'impatientent. Épuisé, le corps déchiqueté, il parvient à se traîner sur une cinquantaine de mètres mais sous la charge, il chancelle et trébuche une troisième fois.

Pour Marie, il n'est plus question de rester anonyme parmi la foule. Vaillamment, elle s'approche au plus près de lui. L'aperçoit-il ? Sa vue est brouillée par le sang et la sueur qui ruissellent sur son visage. Il souffre tant qu'il ne prête pas attention à elle. Peu importe, elle est là, inconditionnellement là, aux côtés de celui qui n'est plus que l'ombre de lui-même dans l'extrémité de l'épreuve physique et morale qu'il traverse.

La croix est trop lourde. Il est si éprouvé qu'il n'a pas la force de la porter. Courbé en deux, immobile, hagard, il semble incapable de faire un pas de plus.

Les gardes hurlent :

– Allez, roi des Juifs, en avant, marche !

Rien n'y fait. Il tente de prendre appui sur le mur d'une maison pour éviter de chuter. Peine perdue, il s'affaisse sur lui-même.

L'un des soldats avise un homme dans une ruelle adjacente qu'un ami dans la foule vient de héler.

– Hé, toi, tu vas aider le condamné à porter sa croix, ordonne-t-il à celui qui se nomme Simon de Cyrène.

Ce dernier renâcle mais a-t-il le choix ? Les Romains sont la puissance occupante, il ne peut qu'obéir. Il se place derrière le détenu et soulève le bas du pieu pour le soulager d'une partie de la charge. Ainsi assisté, Jésus parvient à se remettre péniblement en route, à franchir vaille que vaille les remparts de la ville pour se diriger vers la colline rocheuse du Golgotha.

Marie n'est plus seule à l'entourer. Plusieurs autres femmes l'ont rejointe, pleurant bruyamment et se frappant la poitrine avec force cris. La litanie des lamentations funèbres, mise en scène impeccablement orchestrée par ces pleureuses professionnelles dont la mission est d'accompagner de leurs sanglots les condamnés sur le chemin de leur supplice, rythme sa marche lente et chaotique vers le lieu du calvaire. Soudain, Jésus s'arrête et se tourne vers elles.

– Filles de Jérusalem, ne pleurez pas sur moi ! Pleurez plutôt sur vous-mêmes et sur vos enfants, car les jours viennent où l'on dira : Heureuses les femmes stériles, heureuses celles qui n'ont pas mis au monde et n'ont pas allaité ! On en viendra à dire aux montagnes : Tombez sur nous ! et aux collines : Couvrez-nous ! Car si l'on traite ainsi l'arbre vert, que fera-t-on de l'arbre sec ?

Aucune ne saisit ces paroles indéchiffrables. Les pleureuses pensent qu'il déraisonne. À leurs yeux, ces phrases hermétiques sont à mettre au compte de l'épuisement. Comment pourraient-elles savoir que, dans une ultime vision, il a prédit la chute de Jérusalem qui se produira près de soixante-dix ans plus tard ?

Marie non plus ne comprend pas le sens de ce qui s'avérera être une prophétie mais, avant de reprendre l'ascension du mont, elle constate qu'il regarde dans sa direction. Enfin, il m'a vue ! se dit-elle. De fait, il plante ses yeux dans les siens, cherchant en elle l'étincelle de vie qui est en train de le quitter. Temps suspendu où tous deux communient en silence l'espace d'un instant arraché à l'ignominie de l'épreuve.

– Avance ! vocifère l'un des gardes en le frappant.

Le jardin du Golgotha est tout près. Un dernier effort et il sera bientôt arrivé. Une fois sur place, les quatre bourreaux exécuteurs s'approchent de lui pour ôter la croix de son dos. Ils l'empoignent sans ménagement, lui enlèvent sa tunique, le cordage qui lui sert de ceinture ainsi que son caleçon et ses sandales. Puis, ils se partagent ses vêtements. Chacun a droit à une pièce. Quant à la chemise de laine tissée qu'il porte à même la peau, ils décident de la tirer au sort ultérieurement.

Témoin de cette scène, la jeune femme se souvient du Psaume XXII, qui fait partie des *Tehilim* de la Torah que son père avait l'habitude de réciter : « Ils se sont partagés mes vêtements ; ils ont tiré au sort ma tunique. » Un frisson la parcourt de part en part ; l'Écriture est en train de s'accomplir sous ses yeux.

– Père, pardonne-leur car ils ne savent pas ce qu'ils font, a le temps de souffler Jésus avant que le pire des supplices lui soit infligé.

Les bourreaux ont remis la couronne d'épines sur sa tête et noué un bout de tissu autour de sa taille pour cacher son sexe. Ils plaquent l'un de ses bras à l'extrémité de la barre horizontale de la croix et enfoncent un grand clou dans son poignet interne. Soulevée d'horreur, Marie se détourne tandis qu'il émet un effroyable râle. Habitués à cette basse besogne, ses tortionnaires ne s'émeuvent pas. Concentrés, ils s'attaquent à l'autre bras auquel ils font subir le même sort.

La croix est élevée sur son pieu. Jambes pendantes, le prisonnier ressemble à un pantin désarticulé. Grimaçant, il suffoque sous l'intensité de la douleur. Les exécuteurs entrelacent ses pieds, les plaçant l'un sur l'autre afin que le long et large clou qu'ils réservent à cette intention traverse en quelques coups de maillet les deux chevilles.

Leur tâche accomplie, ils apposent cet écriteau ironique qui précise le motif de la condamnation : « Jésus, roi des Juifs ». Cette mention est rédigée en hébreu, en latin et en grec pour que personne ne puisse l'ignorer. Jusqu'au bout, Pilate continue à humilier les grands prêtres et les pharisiens qui, sous l'affront, voient rouge. Enfin, voyons, impossible de laisser ce panneau en l'état ! Caïphe demande à ce que soit clairement stipulé : « Il a dit qu'il était le roi des Juifs. » Chacun doit savoir qu'aucun d'entre eux ne le considère comme tel et que lui seul a la prétention de se qualifier ainsi. Les gardes n'ont aucun pouvoir, seul le préfet peut ordonner une telle modification. Hors de lui, le chef des prêtres file le trouver sur-le-champ.

Un groupe de femmes s'est rassemblé au pied de la croix. Le condamné entend leurs pleurs qui montent vers lui mais, en état second, taraudé par l'infâme brûlure qui l'irradie de la tête aux pieds, il ne distingue aucune de celles qui sont auprès de lui. Il y a là Marie, bien sûr, rejointe par les femmes présentes la veille au soir lors du dernier banquet, notamment Salomé, l'épouse de Zébédée, Marie, la mère des disciples Jacques et Jean, ainsi que Jeanne. Prévenue dans la matinée de l'arrestation et de la condamnation de Jésus, sa mère qui, comme chaque année est montée à Jérusalem pour Pessah, a également accouru sur le lieu du calvaire. Elle gémit et se lamente tandis que Jean, le disciple préféré de Jésus qui ne l'a pas quitté depuis son arrestation, s'approche d'elle pour la soutenir.

À présent, les bourreaux s'occupent des brigands qu'ils déshabillent pour se partager leurs vêtements avant de les mettre en croix de chaque côté de Jésus. Entouré de ces deux bandits notoires, le « roi des Juifs » n'en apparaît que plus grotesque. Dans la foule, ils sont nombreux à l'insulter et à le railler. Qu'il accomplisse donc un miracle et qu'il se délivre, lui lance-t-on pour le narguer.

L'un des voleurs, dans un affreux rictus de douleur, s'en prend aussi à lui.

– N'es-tu pas le Messie ? Sauve-toi toi-même, et nous avec toi.

Contre toute attente, l'autre tance sévèrement son acolyte :

– N'as-tu pas la crainte de Dieu, toi qui subis la même condamnation ? Pour nous, c'est justice : nous payons ce que nous avons fait ; mais pour lui, il n'a commis aucun crime.

Il tourne la tête vers Jésus.

– Souviens-toi de moi quand tu viendras dans ton Royaume.

– En vérité, je te le dis, aujourd'hui même tu seras avec moi dans le paradis, lui répond Jésus.

Comme apaisé malgré l'extrême souffrance physique, l'homme lève les yeux vers le ciel et sur ses lèvres se dessine un étrange sourire béat.

En attendant le retour de Caïphe, les maîtres de la Loi continuent de se gausser en se poussant du coude :

– Il en a sauvé d'autres, mais il ne se sauvera pas lui-même. Que le Messie, le roi d'Israël, descende maintenant de la croix : alors nous verrons et nous croirons.

Mais lorsque enfin le Grand Prêtre revient sur les lieux après s'être entretenu avec Pilate, il fait grise mine.

– Que t'a dit le préfet ? l'interrogent les autres.

– « Ce que j'ai écrit est écrit », leur répond-il, penaud de n'avoir pas eu gain de cause.

Cette fin de non-recevoir est un énième camouflet dont il se serait bien passé. Néanmoins, il se console en songeant que l'essentiel est d'être parvenu à faire condamner à mort Jésus. Sa dernière heure ne devrait plus tarder maintenant. Il est temps pour Caïphe de rejoindre le Temple où, seul à pouvoir pénétrer une fois l'an pour la Pâque dans le Saint des Saints, lieu le plus sacré symbolisant la demeure terrestre de YHWH, séparé du reste du site par un voile de dix-huit mètres de hauteur, il doit sacrifier l'agneau sur l'autel des holocaustes pour entrer dans la présence divine au nom de toute la nation d'Israël et permettre l'expiation de ses péchés.

Il a vu clair. Le condamné n'en peut plus. Son souffle est court, sa tension baisse et son rythme cardiaque ralentit. Brisé par la douleur, Jésus perd courage. Son corps ensanglanté brûle sous le soleil au zénith. L'agonie est interminable. Au comble de l'angoisse, seul face à l'adversité, irrémédiablement seul au sein de l'immensité, dans un dernier sursaut il se tourne vers le Père pour l'interpeller, comme l'avait fait David avant lui au début du Psaume XXII dont Marie s'est souvenue tout à l'heure.

– Mon Dieu, mon Dieu, pourquoi m'as-tu abandonné ?

Assise au pied de la croix, Marie éclate en sanglots. Il reconnaît ce flot de larmes sonores identiques à celles qu'elle avait versées au premier jour de leur rencontre. Il n'est plus seul puisqu'elle est là. Douce et fidèle amie… Elle ne l'a pas quitté. Avec lui, elle affronte le mal droit dans les yeux. Ne s'en était-elle pas fait la promesse ? S'il ne devait en rester qu'une auprès de lui, elle serait celle-là. En cette heure tragique, l'immensité du chagrin de l'ancienne réprouvée pardonnée la renvoie paradoxalement du côté de la lumière. Ses pleurs lavent l'outrage commis par les grands prêtres et crient à la face du monde l'incommensurable faute que constitue la condamnation de Jésus. En l'assassinant, les hommes ont voulu tuer l'espérance divine qu'il était venu annoncer. Insondable, sa peine en porte témoignage. Seule contre ses frères de sang, seule contre leur Loi, elle continue indéfectiblement d'affirmer qu'il est le Fils de Dieu.

Instants fatals. Au seuil de la mort, en l'homme, l'enfant appelle sa mère. Il baisse la tête vers celle qui, trente-trois ans plus tôt, l'a mis au monde selon le vœu du Père. Elle est présente à cet autre point de passage qu'est l'extrémité de sa vie où il va bientôt rejoindre le Très-Haut.

Dernier regard pour sa mère, si bonne et si sage. Après avoir eu tant de peine à comprendre la destinée de ce fils tout à la fois terrestre et céleste, elle a accepté le plan divin. Elle le remet aujourd'hui entre les mains d'un plus Grand en qui elle place depuis toujours sa confiance. Dernier testament à celle dont il ne pourra pas soutenir les vieux jours, qu'il confie à l'ami et disciple préféré.

– Femme, voici ton fils, lui dit-il en désignant Jean des yeux.

Puis, il ajoute à l'adresse de son compagnon :

– Voici ta mère.

Marie l'amie et Marie la mère lui ont redonné la force d'assumer jusqu'au bout son destin. Comme David sortant de sa nuit spirituelle, Jésus franchit l'ultime étape de sa libération en acquiesçant à la volonté du Seigneur. Non, le Père ne l'a pas abandonné, c'est le Fils qui, en pleine conscience, s'abandonne à Lui.

– J'ai soif, murmure-t-il d'une voix blanche.

Les gardes plongent une éponge dans un vase rempli de vin fermenté mêlé de myrrhe et la lui tendent au bout d'une branche d'hysope. Il y trempe à peine les lèvres. Bien que déshydraté, il ne veut pas de vin anesthésiant. Il a soif que sa mort, qui marque l'achèvement de son œuvre ici-bas, célèbre l'avènement d'un ordre nouveau. Soif de Dieu. Seule Marie sait que cette soif-là fait écho à ses propres larmes, qui glorifient le Fils de l'Homme.

Midi. Soudain, le soleil s'éclipse.

– Père, entre tes mains, je remets mon esprit, lâche-t-il dans un dernier râle.

Au moment où, exsangue, il s'éteint, le Grand Prêtre sacrificateur immole au Temple le premier agneau de la Pâque. Soudain, à l'image du corps brisé de Jésus, l'épais voile du Saint des Saints se déchire de haut en bas, ouvrant à l'humanité tout entière et pour toujours l'accès au sanctuaire de Dieu.

V

Comme tétanisée, Marie ne parvient pas à quitter des yeux celui qui vient de rendre la vie. Sa mort est une évidence à laquelle, cependant, elle ne peut se résoudre.

L'heure tourne. Les Juifs doivent en finir avec les condamnés avant que ne commence le shabbat. Dès le coucher du soleil débute la grande fête de Pâque. Il faut accélérer leur mise à mort car la Loi hébraïque oblige à les enterrer le jour même.

Ils dépêchent l'un des leurs auprès de Pilate pour lui demander de donner l'ordre à ses hommes de briser les jambes des crucifiés afin d'abréger leur calvaire. Le préfet accepte et les soldats s'exécutent. Les corps des deux brigands s'affaissent. La cage thoracique ainsi comprimée, la respiration leur devient impossible ; ils meurent quelques minutes plus tard.

Lorsque les gardes se présentent devant Jésus, ils constatent qu'il a déjà trépassé. La manœuvre est donc inutile.

Comme il est d'usage, afin de s'assurer de son décès, l'un d'eux lui donne un coup de lance au flanc d'où s'échappe aussitôt un flot de lymphe transparente et de sang.

Jean prend dans ses bras la mère du supplicié qui pleure et se lamente. Voyant les flux corporels se répandre au sol, il murmure :

– Voilà l'accomplissement de l'Écriture.

Zacharie l'avait annoncé au sujet du Sauveur : « Ils verront celui qu'ils ont transpercé. » De même, l'Exode l'avait prédit : « Aucun de ses os ne sera brisé. » En lieu et place de l'agneau de la Pâque dont la Loi interdit de briser les os, Jésus lui apparaît comme le véritable agneau, mort en croix sans avoir dû subir ce sort.

L'eau du baptême et le sang, symbolisé la veille au soir par la coupe de vin que le Maître a fait passer à ses disciples lors du banquet, ruissellent pour sceller la nouvelle alliance, songe, quant à elle, Marie.

Bouleversés devant ce que chacun interprète comme un dernier miracle infiniment signifiant, tous trois demeurent unis au pied de la croix. Durant près d'une heure, silencieux et recueillis, ils ne bougent pas tandis que la foule se disperse, désireuse d'effectuer les derniers préparatifs de la Pâque.

L'après-midi est déjà bien entamée quand, soudain, un homme nommé Joseph d'Arimathie s'approche de la dépouille de Jésus en compagnie de ses serviteurs et leur ordonne de le retirer de la croix. C'est un notable qui appartient au cercle fermé de l'aristocratie sacerdotale.

Contrairement à ses pairs du Sanhédrin mais à l'image de Nicodème qui vient de le rejoindre, il a toujours considéré Jésus comme le Messie d'Israël. Certes, les deux hommes ne l'ont pas accompagné sur les routes comme l'ont fait les disciples. Ils n'ont pu empêcher ni son arrestation ni sa condamnation. Toutefois, ils n'ont pas pris part à ces décisions et ont été de fervents adeptes secrets du Maître.

Le lieu de la crucifixion abrite de nombreux jardins. Joseph d'Arimathie est propriétaire de l'un d'eux. Au flanc de la paroi rocheuse de l'ancienne carrière qui le borde, il a fait creuser une tombe à l'horizontale pour lui-même et les siens. La sépulture étant actuellement vide, il a obtenu de Ponce Pilate de pouvoir y placer Jésus afin de l'enterrer dignement par exception à la règle selon laquelle un crucifié doit être enseveli dans une fosse avant que ses ossements soient restitués un an plus tard à sa famille.

Les serviteurs décrochent le défunt de la croix, ôtent de sa tête la couronne d'épines et la revêtent d'un linge puis, après avoir enduit son corps d'huile, d'essences de myrrhe et d'aloès afin d'en retarder la putréfaction, ils l'enveloppent d'un drap de lin et le transportent vers la tombe.

Le groupe des femmes suit le cortège funèbre. En cette fin d'après-midi, arrivées sur les lieux, elles découvrent un magnifique terrain parsemé de fleurs. Marie se baisse pour cueillir un bouquet et, de cette manne colorée et odorante, elle parsème le linceul. La mère de Jésus, éplorée et soutenue par Jean, a tenu à venir faire ses derniers adieux à son fils. Elle ne touche pas la dépouille mais veille à ce que tout se passe dans les règles afin que le mort puisse reposer en paix.

Il y a urgence. Avant que la nuit tombe, les serviteurs s'emparent du corps, l'un soutenant la tête, l'autre les pieds. Le premier pénètre à reculons dans la sépulture, suivi du second. Les deux hommes descendent quelques marches et se dirigent vers la chambre mortuaire, petite et basse, où ils le déposent. Joseph d'Arimathie, Jean et les femmes sont restés à l'extérieur. Le temps presse tellement que personne ne peut aller se recueillir dans la pièce attenante au tombeau permettant habituellement aux membres de la famille et aux proches de veiller et de pleurer le mort.

Les serviteurs ressortis, on place un gros bloc de pierre devant l'entrée du tombeau pour le fermer.

Dès le lendemain, par une indiscrétion, Marie apprend que les chefs des grands prêtres et les pharisiens sont allés trouver Pilate la veille pour lui demander de faire garder la sépulture. Jésus n'avait-il pas annoncé qu'il ressusciterait au troisième jour ? Bien entendu, ces derniers ne croient pas à ce qu'ils pensent être des fadaises mais, suspicieux, ils se méfient des adeptes du crucifié qui, pour accréditer ses propos, pourraient être tentés de subtiliser le cadavre. Les conséquences d'une telle supercherie seraient bien pires que les troubles causés par Jésus de son vivant, auxquels ils se félicitent d'avoir mis fin.

Le préfet n'en a cure. Après tout, les Juifs ont leurs propres hommes, qu'ils les envoient sur place et, surtout, qu'ils cessent de l'importuner avec ce condamné dont il n'a que trop entendu parler.

Les grands prêtres dépêchent ainsi des gardes du Temple pour veiller la tombe.

UNION

I

Le repos du shabbat a pris fin hier soir. C'est le premier jour de la semaine, le 16 Nisan, l'aube se lève et Marie, habitée d'une tristesse abyssale, vient se recueillir seule sur le lieu de la sépulture de son aimé. Depuis sa disparition, elle vit dans le brouillard le plus complet. Après la fin du calvaire de Jésus, elle a rejoint pour la nuit son camp de base sur le mont des Oliviers en compagnie des autres femmes. Jeanne était en train de faire son paquetage. Trop affectée pour rester plus longtemps à Jérusalem, elle souhaitait retrouver son mari au plus vite. Les deux amies ont passé leur dernière nuit ensemble, serrées l'une contre l'autre, avant l'adieu déchirant au petit matin.

Durant deux jours, incapable de se nourrir et de fermer l'œil, hantée par les événements qui ont précédé la mort du Maître, Marie s'est remémorée en boucle leur chronologie : sa plainte déchirante à Gethsémani, puis la violence de son arrestation, les premiers coups portés sur sa personne chez Caïphe, le sifflement cinglant du fouet dans la cour de Pilate, le chassé-croisé entre la demeure du préfet et celle du tétrarque de Galilée et de Pérée, les railleries et tortures de nouveau subies chez le premier, la condamnation finale extorquée par les grands prêtres et les pharisiens, l'atroce percement de ses membres lors de la mise en croix et, enfin, ses trois longues heures d'agonie avant la délivrance.

Le lendemain du drame, elle a erré, ravagée de chagrin, sale et la chevelure hirsute, dans les rues bondées de Jérusalem. Elle ne cessait de pleurer et de soliloquer si bien que les passants la tenaient pour folle. N'était-ce pas cette agitation et cette atmosphère de liesse qui étaient iniques ? Comment la vie pouvait-elle se déployer avec autant de joie et de légèreté quand sa pulsation essentielle s'était arrêtée ? Personne n'était-il conscient de la tragédie qui s'était jouée la veille ? Cette insouciance coupable l'ulcérait. Où se trouvaient les foules qui glorifiaient le Maître de son vivant ? Où se cachaient les fidèles qui l'écoutaient prêcher avec tant de ferveur ? Pas un pour célébrer la mémoire de celui qu'ils considéraient quelques heures plus tôt comme leur Messie. Partout on buvait, on ripaillait. Les gens chantaient, dansaient, s'aimaient. L'amour… Qu'en connaissaient-ils, tous ces ingrats ? Elle seule savait ce que le mot *amour* signifiait : le don total, gratuit, inconditionnel de soi à l'autre jusqu'au sacrifice de sa vie. Jésus en avait donné l'exemple le plus patent. En lieu et place de l'agneau, il était mort pour les sauver de leurs péchés mais lequel d'entre eux avait compris le sens de son supplice ? Le peuple n'avait-il pas vu le soleil s'éclipser et senti la terre trembler à l'heure même où il avait rendu l'âme ? Le monde avait alors basculé dans les ténèbres et chacun vaquait aujourd'hui à ses occupations comme si de rien n'était...

Cette nuit, comme la précédente, Marie n'a pas dormi. Dès les premières lueurs du jour, elle décide de se rendre au tombeau pour se recueillir auprès de celui qu'elle aime par-delà la mort et prier pour lui.

Arrivée au jardin, elle marche dans l'herbe parsemée de fleurs. De fines gouttelettes de rosée les parent d'une dentelle cristalline resplendissante sous le soleil du matin. La poésie et la paix de ce lieu contrastent avec sa peine. Dans le ciel, le vol majestueux des grues cendrées et des pélicans migrateurs venus d'Afrique en ce début de printemps saluent ce petit bout de femme solitaire et résolue dont les pas se dirigent vers la tombe abritant le corps de Jésus. Où sont les hommes censés garder la sépulture ? De loin, elle s'étonne de n'en voir aucun. Dès qu'elle s'en rapproche, elle pousse un cri. La pierre qui refermait le tombeau a été roulée ; il est ouvert aux quatre vents. Sans oser s'aventurer à l'intérieur, elle glisse néanmoins la tête dans la cavité rocheuse et s'aperçoit que la pièce mortuaire est vide.

Prise de panique, elle court prévenir Simon-Pierre et Jean qui logent dans une auberge de la ville sainte. Tout essoufflée, elle tambourine à la porte de l'établissement en hurlant :

– Le Seigneur a été enlevé de la tombe !

Les deux hommes filent sur les lieux voir ce qu'il en est. Plus véloce, Jean arrive le premier. À l'instar de Marie, il craint d'entrer dans le tombeau et se contente de se pencher à l'intérieur. Elle a dit vrai : le corps de Jésus n'est plus là. En revanche, les linges qui l'enveloppaient se trouvent posés à plat sur le sol.

Plus courageux, Pierre pénètre dans l'antre. Surmontant sa répulsion de la mort, Jean finit par le suivre. Tous deux constatent que non seulement le linceul est à terre mais que le suaire qui entourait la tête du défunt a été mis à part dans un coin de la pièce.

Marie est restée devant l'entrée du sépulcre. Qui a pu voler la dépouille ? Qui a commis ce sacrilège ? À genoux dans l'herbe, elle balance son buste d'avant en arrière sans parvenir à se calmer.

Abasourdis par ce qu'ils ont vu, les disciples ressortent du tombeau et s'en retournent en ville, laissant la pauvre Marie, au comble de l'angoisse, se lamenter et pleurer à gros sanglots. C'est plus fort qu'elle, il lui faut de nouveau vérifier que Jésus a disparu. Comme la première fois, elle se penche au-dedans de la tombe. Scène surnaturelle : dans la chambre funéraire, deux hommes vêtus de blanc, qui s'apparentent à des anges tant ils irradient, sont assis à la place du corps, l'un au fond de la pièce, l'autre à l'entrée. Elle n'a pas dormi depuis deux nuits, son esprit, embrumé par le manque de sommeil, lui jouerait-il des tours ? À travers ses larmes, elle se frotte les yeux pour s'assurer qu'elle ne rêve pas. Bien qu'irréelle, leur présence n'a rien d'inquiétant ni de malsain. Au contraire, il semble émaner d'eux une étrange paix.

– Femme, pourquoi pleures-tu ? lui demandent-ils de concert.

– C'est qu'on a enlevé mon Seigneur et je ne sais pas où on l'a mis, répond-elle à ces personnages venus de l'autre monde.

Elle entend un bruit de pas feutrés derrière elle et se retourne brusquement. Un homme qu'elle ne reconnaît pas dans la pénombre se trouve debout devant elle.

– Femme, pourquoi pleures-tu ? Qui cherches-tu ? l'interroge celui qu'elle prend pour le jardinier.

Éperdue, elle l'implore.

– Seigneur, si c'est toi qui l'as enlevé, dis-moi où tu l'as déposé, que j'aille le prendre.

L'homme lui sourit tendrement.

– Marie..., dit-il avec une infinie douceur qui réchauffe aussitôt tout son être.

Il a prononcé son prénom... Elle reconnaît le timbre de cette voix. L'évidence la saisit : c'est Jésus qui lui fait face.

– Rabbouni ! s'écrie-t-elle, transportée de joie.

Elle l'a appelé familièrement comme elle s'autorisait à le faire en privé. « Mon petit rabbin », « Mon petit Maître », lui murmurait-elle le soir quand, les disciples endormis, ils demeuraient en tête à tête près du feu. Il ne s'offusquait pas de ces sobriquets complices et amoureux, les accueillant avec simplicité, comme une caresse verbale qui ne portait pas à conséquence.

Tout à son exaltation, Marie esquisse un mouvement vers lui mais il s'esquive et met sa main en garde pour se soustraire à cette effusion.

– Ne me retiens pas ! Je ne suis pas encore remonté vers le Père. Va donc vers mes frères et dis-leur : Je monte vers mon Père qui est votre Père, vers mon Dieu qui est votre Dieu.

Marie se fige. Que dit-il ? Pourquoi lui interdit-il de le toucher ? Il la fixe intensément, cherchant dans cet échange silencieux à lui faire comprendre que ses attaches terrestres sont désormais rompues. S'il lui est apparu, c'est pour qu'elle prenne conscience que malgré la mort, il reste vivant d'une autre manière. C'est à elle de faire vivre sa présence. Elle doit l'aimer, non plus dans une proximité physique, mais dans une communion d'âme au sein de cet au-delà des choses qu'il va aller rejoindre. Il lui faut accepter de dénouer ce lien qui les a si puissamment unis pour ne pas risquer de freiner son envol vers le Père, ce Dieu universel, force d'amour, Source originelle et ultime à laquelle, à l'image de Jésus, chaque homme, arrivé au point culminant de son existence, fait retour.

L'itinéraire de Jésus est marqué par deux femmes portant le même prénom : Marie la mère et Marie l'amie. Chacune à un bout de la chaîne, elles auront assuré le passage. L'une, du néant à la terre ; l'autre, de la terre vers le Ciel. Il a choisi d'apparaître à la seconde d'entre elles qui l'a si inconditionnellement et passionnément aimé. Dès leur rencontre, il a su qu'elle serait celle qui l'accompagnerait jusqu'au terme de sa route. En ce matin du troisième jour, il lui a fait l'insigne honneur d'être la première à témoigner de sa présence par-delà la finitude corporelle qui ouvre à l'éternité spirituelle. Pour tous, elle serait ainsi la nouvelle Ève, mère des vivants, chargée de relayer ses mots annonciateurs de l'ère qu'il annonçait : « Je monte vers mon Père qui est votre Père, vers mon Dieu qui est votre Dieu. »

II

Comment les disciples auraient-ils pu donner du crédit à ce qu'elle disait ? Qui pouvait la croire, elle, une femme, et plus encore, celle dont ils avaient toujours secrètement jalousé la complicité avec Jésus ?

Le soir même de cette prodigieuse rencontre avec son bien-aimé, elle les rejoint alors qu'ils sont rassemblés pour dîner chez l'un de leurs amis résidant à Jérusalem. Il en manque deux à l'appel : Thomas et Judas Iscariote. Après sa trahison, le second, pris de remords, a rendu l'argent reçu des grands prêtres puis s'est pendu. Personne ne le regrette. À cause de lui, le Maître est mort. Autour de la table, les Dix tentent de surmonter leur peine mais aussi, à l'exception de Jean, leur honte de ne pas l'avoir accompagné tout au long de son calvaire.

Marie est venue leur dire ce qu'il l'a chargée d'annoncer. Ils pensent qu'elle invente cette fable. À leurs yeux, seules l'imagination et l'hystérie peuvent élucubrer de telles inepties. Leur scepticisme ne la fait pas plier : elle a vu Jésus debout dans le tombeau ; il lui a parlé. Elle leur rapporte ses derniers mots empreints de lumière et d'espérance. Cependant, même le disciple préféré peine à la croire.

Ce qui les préoccupe, c'est la disparition du corps. Jean et Simon-Pierre certifient que la dépouille n'était plus dans la tombe et personne ne comprend comment elle a pu être volée alors que les gardes juifs devaient en surveiller l'entrée. Ils ont dû s'endormir durant la nuit et, profitant de leur sommeil, quelqu'un s'y est sans doute introduit pour la subtiliser. À l'aube, constatant le désastre, les hommes ont couru avertir les grands prêtres, ce qui explique leur absence sur les lieux dont Marie et les deux disciples s'étaient étonnés. Depuis lors, ils craignent tous d'être accusés de ce vol sacrilège. Derrière les portes fermées à double tour de la demeure qui les accueille, ils tremblent qu'on vienne les arrêter.

Malgré toute sa force de persuasion, elle n'est pas parvenue à les convaincre. De guerre lasse, elle s'est tue et a quitté l'assemblée.

Le lendemain, on lui a appris que son bien-aimé était venu les visiter eux aussi plus tard dans la soirée comme pour mieux attester les propos qu'elle leur avait tenus. Absent, Thomas à qui ils avaient rapporté la scène n'est pas parvenu à croire à cette visite stupéfiante. Cependant, huit jours plus tard, alors que cette fois, ils étaient tous réunis, le Maître leur est encore apparu. Pour vérifier que c'était bien lui, Thomas a posé ses doigts sur sa main marquée par les clous ainsi que sur son flanc entaillé.

Il s'est alors exclamé : « Tu es mon Seigneur et mon Dieu ! » Jésus lui a seulement répondu : « Tu m'as vu et tu crois. Heureux ceux qui n'ont pas vu et qui croient. »

Il y a eu encore d'autres apparitions dans les semaines qui ont suivi son décès : il s'est montré aux apôtres sur une montagne en Galilée, à des fidèles sur la route d'Emmaüs, puis de nouveau aux disciples sur les bords du lac de Tibériade, moment de grâce où ils ont partagé avec lui le produit d'une pêche miraculeuse, et enfin, près du village de Béthanie avant qu'il monte au Ciel sous leurs yeux.

Marie n'a nul besoin de ces preuves. Peu après sa rencontre avec lui au matin du troisième jour, elle s'est souvenue du relèvement de Lazare. *A posteriori*, elle lit cet épisode ô combien marquant comme l'annonce de la résurrection de Jésus. Depuis qu'il lui est apparu au tombeau, elle a conscience d'être devenue le temple du Dieu vivant. Sa mission est de continuer à le faire vivre en elle et auprès de ses pairs.

Sa tâche n'est pas facile car souvent la peine la submerge et elle perd alors le fil qui la relie à lui. Dans ces moments-là, le vide la terrifie. Pour ne pas sombrer, elle appelle les forces de l'Esprit. Celles que Dieu a envoyées sous la forme de langues de feu sur la tête des apôtres, de la Vierge Marie et de quelques proches cinquante jours après que son Fils est apparu aux disciples pour la première fois, gravant en eux la loi inédite de l'amour qu'ils devraient désormais annoncer de par le monde afin de transformer la vie des hommes. Marie a ressenti à maintes reprises le Souffle de l'Esprit envelopper son âme. C'est cette énergie pure qui lui a permis de communiquer avec le Fils et, à travers lui, avec le Père. Grâce à ce flux plénier, le dialogue avec Jésus pourra perdurer malgré sa mort. Elle sait son chagrin stérile. Il n'y a pas une minute à perdre. À l'image des Onze, elle est chargée de répandre la Bonne Nouvelle.

Elle se raccroche à ces paroles du Maître : « Je suis le cep, vous êtes les sarments. Celui qui demeure en moi et en qui je demeure porte beaucoup de fruits, car sans moi vous ne pouvez rien faire. » Elle a découvert plusieurs façons de l'abriter dans son cœur. L'important est de cultiver l'habitude de sa présence. Pour cela, elle l'imagine sans cesse auprès d'elle et l'emmène partout. De fait, il est à ses côtés dans tous les actes du quotidien. Elle lui parle intérieurement et il l'écoute, la conseille, l'instruit, la guide dans ses choix. En sa compagnie, ses ténèbres, cette face ombrageuse d'elle-même tapie comme en chacun, s'illuminent. La vie devient claire. Elle est convaincue qu'il s'entretient avec elle à travers les mille clins d'œil de l'existence. Tout prend sens grâce à l'attention soutenue qu'elle porte au moindre des signes qui lui sont envoyés : un oiseau voletant au-dessus d'elle au moment même où, gagnée par la peine, son âme s'obscurcit, une rencontre fortuite qui soudain l'aide à surmonter un obstacle, une parole opportune lui permettant de grandir, le sourire radieux d'un enfant, la chaleur du soleil sur son visage, la beauté et la générosité de la nature qui, chaque jour, lui rappellent le triomphe magistral de la vie sur la mort. Dieu lui offre les dons de son amour de manière étonnamment simple dans les grands comme les petits événements qui se présentent à elle.

Par moments, elle demeure dans un recueillement silencieux. En pensée, elle se penche sur la poitrine de Jésus et passe de longues heures en communion avec lui. À d'autres, exaltée, elle s'adresse à haute voix à son bien-aimé en une brève prière qui s'apparente à un cri du cœur. « Rabbi, comme je t'aime ! » lui déclare-t-elle avec émotion. Puis, se tournant dans un même élan vers le Fils et le Père, elle confie : « Mon Seigneur et mon Dieu, je suis tout à toi. »

Au fil des semaines, elle est parvenue à dépasser l'immense chagrin des premiers temps de la disparition de Jésus et se sent plus forte. À présent capable de porter son magnifique message, elle prêche par l'exemple, toujours soucieuse de mettre sa bonté, sa compassion et son amour au service des autres mais aussi par le verbe, en relatant devant des groupes d'anciens et de nouveaux convertis les hauts faits du crucifié. Les mots qu'il a prononcés sont imprimés dans sa mémoire. Elle peut les répéter avec une acuité insoupçonnée et en restituer tout le mystère afin qu'ils cheminent dans le cœur de ceux qui l'écoutent.

Toutefois, cette prise de parole publique s'avère dangereuse. En s'affichant comme une fidèle de Jésus et en s'évertuant à faire revivre sa parole, elle risque d'être arrêtée et de subir le même sort. Curieusement, elle n'a pas peur. Sa foi a érigé un bouclier de protection invisible qui la garantit contre les ennemis de la vérité. Dieu lui insuffle sa puissance pour faire front à toute épreuve.

III

Après avoir vendu leurs biens et leurs propriétés, ceux qui ont cru en Jésus se sont regroupés afin de mettre en commun ce qu'ils possèdent pour subvenir à leurs besoins et venir en aide aux pauvres.

Ayant toujours fait partie de la troupe des fidèles, Marie est naturellement restée avec eux et prêche sans relâche aux côtés de ses compagnons.

Devant des foules de plus en plus nombreuses, chacun partage la parole, la fraction du pain et les prières que le Maître leur a apprises, sans hésiter à enseigner sur l'esplanade du Temple où il arrive parfois que des prodiges aient lieu par leurs mains comme de son vivant.

Les grands prêtres s'offusquent de ces interventions intempestives. À peine se sont-ils débarrassés de Jésus que ses anciens amis ont l'outrecuidance de venir tenir les mêmes propos blasphématoires sur le lieu sacré où s'exerce leur rite. Ils font arrêter Simon-Pierre et Jean. En outre, ils interdisent aux autres apôtres de donner des enseignements au nom de Jésus et même de le nommer.

Vaillamment, les disciples persévèrent et le message du crucifié se répand au-delà de la ville sainte dans toutes les provinces de Palestine. En réponse, la répression s'accroît sur cette première communauté de croyants. Beaucoup d'entre eux subissent le martyre. Après quelques années, le climat devient si tendu, l'atmosphère si délétère que Marie, Marthe, Lazare ainsi que Marie Salomé, épouse de Clopas, le demi-frère de Joseph, et Marie Jacobé, mère de Jacques et Jean, accompagnés de quelques fidèles, tels Sarah, la servante, Maximin, un Romain converti, et Sidoine, l'aveugle-né à qui Jésus a jadis rendu la vue, sont contraints de fuir le pays en bateau pour rejoindre des rives moins exposées où ils espèrent pouvoir poursuivre sans encombre leur mission d'évangélisation.

Ils comptent leurs économies et, aidés de quelques bienfaiteurs acquis à leur cause, parviennent à rassembler la somme nécessaire pour monter à bord d'un des nombreux navires marchands qui, partant du port de Césarée, sillonnent la Méditerranée durant la belle saison s'étalant d'avril à octobre. En ce début de printemps, le capitaine d'une grosse embarcation, les cales chargées d'amphores remplies de vin et d'huile d'olive, accepte que la troupe se joigne à l'équipage prêt à partir. Si la destination finale se trouve être le lointain port de Marseille, en Gaule, le périple promet d'être long. Il comptera plusieurs escales dans différents ports où une partie de la marchandise doit être livrée tandis que seront chargées d'autres denrées.

Le capitaine les a prévenus que seule l'eau potable leur serait distribuée. Les passagers devront en faire bon usage et ne pas la gaspiller car, précieusement contenue dans des barriques, elle est comptée. Avant le départ, les femmes se sont occupées de rassembler des vivres suffisants jusqu'à la première étape au port de Corinthe en Grèce, où le navire fera halte pour charger des poteries. Ils pourront alors de nouveau se ravitailler. D'ici là, deux semaines de mer les attendent.

Quand le bateau, long d'une trentaine de mètres, déploie sa grande voile carrée et s'éloigne des côtes de Palestine, Marie et ses compagnons ont le cœur serré. Plus jamais ils ne reverront cette terre tant aimée qui leur est devenue hostile. Cette terre où la plupart d'entre eux ont eu l'insigne privilège de connaître celui qui a bouleversé de fond en comble leur existence, leur perception du monde ainsi que leur rapport à Dieu. Celui dont ils entendent honorer la mémoire et relayer la parole jusqu'à leur dernier jour.

Les heures s'égrènent. Le jour tombe. Ils sont désormais en pleine mer. Silencieux, chacun tente de refréner la mélancolie qui l'étreint et de faire taire l'angoisse face à l'inconnu. L'immensité aqueuse, à perte de vue, leur fait perdre tout repère. Le périple qu'ils entament, aléatoire et périlleux comme le sont toutes les traversées maritimes dépendantes des vents, des courants, du climat et de l'expérience du capitaine qui, loin des côtes, doit naviguer à l'estime, est un temps de transition avant leur nouvelle vie au sein de cet ailleurs que représente la Gaule dont ils ne connaissent rien.

Par bonheur, les flots sont calmes et la tiédeur de l'air caresse tendrement les visages. À l'arrière, un espace exigu sert de cabine aux voyageurs. Tous ne peuvent y tenir. À tour de rôle, certains d'entre eux devront dormir sur le pont, affrontant vaille que vaille embruns et intempéries. Qu'à cela ne tienne, se dit Marie qui regagne confiance sous la brise divine, nous sommes dans la main de Dieu, tout ira bien.

Les jours passent dans une langueur monotone. Atteints du mal de mer, plusieurs membres de la bande subissent les affres de l'inlassable tangage. Le teint hâve, incapables d'avaler la moindre nourriture, ils gisent sur le pont, implorant que l'on arrive à Corinthe. Marie tente de les réconforter du mieux qu'elle peut, les forçant, sinon à manger, au moins à boire. Comme une mère, elle les surveille, les cajole, leur chante des chansons pour faire passer le temps. Néanmoins, les corps s'adaptent, peu à peu la nausée s'estompe et les forces reviennent à ceux qui les croyaient définitivement englouties dans la perfide Méditerranée.

– Terre ! crie l'un des matelots.

Marie scrute l'horizon. C'est bien vrai, la côte grecque est en vue. Profitant des vents réguliers qui ont favorisé la navigation depuis leur départ, en avance de deux jours sur la date prévue, l'embarcation atteint sa première escale. À midi, les voyageurs mettent le pied à quai. Le port grouille de monde. Marchands de gros et capitaines de navires s'entendent sur les conditions de transport de denrées variées (blé, huile, vin, sauces de poisson), mais aussi d'étoffes ou de matériaux de construction comme le marbre, dont la plupart sont destinés à être acheminés à Rome.

Marie et ses amis peinent à marcher droit, le sol se dérobe sous leurs pas tant le roulis du bateau semble s'être inscrit en eux. Pourtant, pas une minute à perdre, il faut refaire le plein de vivres pendant que l'équipage décharge sa marchandise. La prochaine escale a beau être proche – cinq jours de mer seulement les séparent de la pointe sud de la Sicile où le bateau doit embarquer des salaisons –, on ne sait de quoi sera fait l'avenir et ce que l'on trouvera à se mettre sous la dent dans cette île incertaine. Mieux vaut s'approvisionner sur ces quais qui regorgent de nourriture.

Le lendemain après-midi, ils reprennent la mer. Si la brise de terre permet aisément la sortie du port, une fois au large, c'est une tout autre affaire. Brusquement, le vent tombe ; le bateau stagne douloureusement sous un soleil de plomb. Lorsque le soir arrive, les courants l'ont fait dériver de sa trajectoire initiale et l'impuissance du capitaine se double d'une réelle inquiétude. Tout marin redoute cette situation. Il sait qu'il n'a pas la main et ne peut qu'attendre le bon vouloir du dieu Éole pour se remettre à la manœuvre. Trois jours passent sans que les conditions météorologiques changent. Sur le pont, équipage et passagers cuisent sous la chaleur insoutenable. Pas un souffle d'air ne daigne venir les rafraîchir. L'insolation les gagne. Le stock d'eau potable s'épuise. Par précaution, le capitaine prend la décision de la rationner. Chacun n'a plus droit qu'à quelques gorgées glanées au fil des heures poisseuses et interminables.

Comme ses compagnons, Marie est en piteux état. Sa gorge brûle. Dans sa bouche, plus une once de salive ne parvient à éteindre l'incendie. La soif est une torture. Fiévreuse et déshydratée, à demi consciente, elle erre entre deux mondes. Des bras invisibles l'attirent vers le fond de la mer ou les entrailles de la terre, elle ne saurait le dire tant ces abysses lui semblent sombres et effrayants.

– Jésus… Jésus… Jésus…, chuchote-t-elle en boucle sans avoir la force de prononcer d'autres mots que ce nom chéri répété à l'infini.

Soudain, une lueur jaillit dans les ténèbres. Au sein de sa léthargie, elle choisit de suivre cette lumière désormais éclatante qui la fait lentement remonter vers la surface. Rêve-t-elle ? Un souffle délicat semble avoir soulevé une mèche de ses cheveux… Les yeux clos, aux aguets, elle patiente quelques instants dans la douceur cotonneuse qui enveloppe tout son être avant qu'une bourrasque, cette fois, la sorte de son coma.

Lorsqu'elle reprend ses esprits, l'équipage s'affaire sous les ordres hurlés du capitaine. Elle lève la tête et voit la grande voile gonflée sous le vent qui a repris toute sa vigueur. Le bateau glisse sur les flots, heureux de sa liberté retrouvée. Rassuré, le maître à bord autorise chacun à étancher sa soif, renaissance salvatrice.

Quatre jours plus tard, ils arrivent en Sicile où l'eau et les vivres sont reconstitués avant de mettre le cap sur Ostie, le port de Rome, dernière étape avant Marseille.

IV

Le bateau quitte Ostie sous le soleil. Sur sa droite, Marie contemple la côte dans le lointain que le navire longera jusqu'à Marseille. Puis, elle se tourne vers le large. Ciel et mer fusionnent en une infinitude bleutée dans laquelle elle plonge son regard pour s'y perdre, méditant devant cette démesure naturelle. À l'image d'une goutte d'eau dont la somme magistrale forme l'océan, chaque homme participe à son aune à la fresque de l'humanité. Le seul ciment, c'est l'amour, se dit-elle. Voilà le message lumineux que Jésus est venu révéler. Ses fidèles doivent aller le porter à tous ceux qui n'ont pas eu la chance de le connaître et d'entendre sa parole libératrice. Marie admire les vagues qui l'entourent de part en part en songeant à la grande déferlante amoureuse qu'est venu annoncer le Christ. Il a besoin d'elle pour que cette vague poursuive sa course jusqu'à submerger le monde.

Dans une dizaine de jours, ils atteindront leur ultime destination, lieu d'un nouveau départ dont elle sait qu'il constitue paradoxalement pour elle un point d'arrivée car, si elle s'y est déjà employée en Palestine après la mort de son bien-aimé, c'est loin de son pays natal que s'exercera pleinement la mission qu'il lui a assignée : se faire l'écho de sa voix.

Le temps s'écoule sans encombre. Le bateau navigue toujours à quelques milles des côtes. Ici, leur a dit le capitaine, il faut se méfier de la piraterie, activité licite dont les populations du littoral font souvent commerce. Il n'est pas rare que des naufrageurs attaquent les navires de passage pour s'emparer de la cargaison ou que, postés dans les zones dangereuses, des pilleurs d'épaves attendent un hypothétique échouage. La plus grande vigilance est donc de mise mais le maître à bord est un homme aguerri. Il connaît ses eaux par cœur pour les avoir pratiquées de longue date. Il évite soigneusement les récifs et les bancs de sable où beaucoup d'autres marins ont déjà laissé leur vie.

Marie rentre dans la cabine pour préparer à manger à ses compagnons. Menu sommaire, invariable, constitué de galettes de blé, de poissons séchés bouillis et de quelques légumes d'accompagnement au gré de ce que l'on a pu trouver lors des escales. En cette fin de traversée, l'argent a fondu et les voyageurs doivent se passer des petits à-côtés – fromage de brebis, dattes, vin – qui agrémentaient le début du périple.

Lorsqu'elle sort sur le pont pour distribuer sa part à chacun, le ciel a changé d'aspect. En à peine une heure de temps, l'azur a fait place à l'acier. L'atmosphère est lourde. Bien vite, des éclairs déchirent l'horizon couleur fonte. L'équipage ne le quitte pas des yeux, comme s'il cherchait à tenir en respect l'orage qui gronde déjà. Peine perdue, le tonnerre redouble. La mer, peu avant si lisse, moutonne dangereusement. Marie sent les premières gouttes ruisseler sur son visage. Quelques instants plus tard, un torrent de pluie s'abat sur le navire qui tangue de plus en plus fort à mesure que les flots se déchaînent. Matelots et passagers s'agrippent au bastingage pour ne pas tomber.

– Remontez la chaloupe ! hurle le capitaine à ses hommes.

Tandis que le plus jeune s'exécute, aidé de deux compères, une énorme vague vient balayer le pont et l'emporte, tel un fétu de paille. Marie voit le corps du garçon valser dans les airs puis verser par-dessus bord. La chute est fatale. Il coule à pic, englouti dans les eaux tumultueuses.

L'air hagard, l'équipage et les passagers se regardent, horrifiés de ce qui vient d'avoir lieu sous leurs yeux quand une seconde vague, plus traîtresse encore que la précédente, se précipite sur eux. Le bateau ploie sous la charge dans un craquement sinistre.

– Ceinturez le navire de cordages avant qu'il ne se disloque !

De nouveau, les hommes s'affairent mais leur lutte contre les éléments n'en est pas moins dérisoire. Les vagues s'enchaînent, toujours plus puissantes et dévastatrices. Le bateau grince et se tord sous leurs assauts répétés. En désespoir de cause, le capitaine ordonne de se délester d'une partie de la cargaison afin d'alléger l'embarcation et de tenter de maintenir sa flottabilité. Pour ralentir la marche, il laisse filer l'ancre mais toutes ces manœuvres demeurent vaines.

Les voyageurs se sont réfugiés dans la cabine. En se serrant à l'extrême les uns contre les autres, ils sont tous péniblement parvenus à y entrer. L'espace est plein à craquer. Bien qu'ils cognent lourdement contre les parois de bois, ainsi imbriqués, les corps sont moins ballottés et résistent mieux à la violence des flots. Pour autant, l'angoisse a envahi l'habitacle. Comme les cris et les sanglots qui accompagnent chaque nouveau rouleau.

Blottie contre la porte, Marie se croit perdue. Elle voudrait prier pour elle et ses compagnons mais, tétanisée par la peur, elle en est incapable. À quoi bon ? La tempête les taraude sans faiblir depuis des heures. Sûre que Dieu les a abandonnés, comme ses frères d'infortune, elle attend la mort, tremblante et résignée.

Au cœur de la tourmente, un épisode lui revient cependant en mémoire. Ce jour où, après avoir miraculeusement multiplié les pains et les poissons pour nourrir les foules massées sur la rive est du lac de Tibériade, Jésus avait ensuite pris la fuite seul dans la montagne tandis que les Douze avaient décidé de se rendre en barque à Capharnaüm où ils pensaient le retrouver plus tard. Le vent soufflait, une tempête s'était levée et la nuit tombait. Jeanne et Marie craignaient qu'ils chavirent. Elles les avaient enjoints d'attendre que les éléments se calment pour prendre le large. Prudemment, elles avaient préféré rester à terre mais les hommes, coutumiers des violents courants d'air entre la vallée de l'Arbel et le Jourdain qui rendent le lac capricieux, refusaient de prêter l'oreille à leurs recommandations. En dépit du mauvais temps, ils avaient entamé la traversée.

Le lendemain, à l'aube, elles avaient embarqué dans un petit bateau de pêche sur des flots redevenus cléments et s'étaient dirigées vers Capharnaüm afin de les rejoindre. Inquiètes de ne pas les trouver, elles étaient montées dans un autre canot qui rentrait à Bethsaïde, chargé des poissons du jour, pour tenter de les chercher sur le lac. Arrivées au port, elles avaient eu l'heureuse surprise de voir la troupe en compagnie de Jésus. « Où étiez-vous donc passés ? Pourquoi avez-vous fait halte ici ? » s'étaient-elles enquises.

Les disciples leur avaient relaté ce qui s'était passé la veille, lors de leur traversée. Fortement chahutés par la houle, ils avaient dû ramer et parcourir plusieurs kilomètres dans l'obscurité la plus totale quand, soudain, la silhouette fantomatique de Jésus marchant sur les eaux leur était apparue. Ils en avaient hurlé de frayeur. « Remettez-vous, c'est moi, ne craignez pas ! » s'était-il exclamé.

Pour s'assurer qu'il s'agissait bien du Maître, Simon-Pierre lui avait demandé : « Seigneur, si c'est toi, donne-moi l'ordre d'aller sur l'eau jusqu'à toi. » Il l'avait exhorté : « Viens ! »

Le disciple s'était exécuté et, comme par magie, lui aussi s'était mis à marcher sur l'eau mais, comme le vent redoublait, il avait pris peur. À cet instant précis, il avait commencé à s'enfoncer et crié : « Seigneur, sauve-moi ! » Jésus lui avait saisi la main à temps. « Homme de peu de foi ! Pourquoi as-tu hésité ? » lui avait-il reproché alors qu'il venait de lui éviter la noyade.

Ensemble, ils étaient remontés dans la barque. Aussitôt, le vent avait cessé de souffler et tout le monde avait atteint la rive sain et sauf, à proximité du village de Bethsaïde où ils s'étaient donc réfugiés pour la nuit.

À l'évocation de ce souvenir, Marie se redresse. Comme Simon-Pierre, elle a laissé la peur prendre possession d'elle-même. C'est cette peur qui la paralyse et l'empêche de prier en instillant le doute en elle. Femme de peu de foi, se tance-t-elle. Une conviction se fait jour : la seule façon de résister à la terrible épreuve qu'ils sont en train de traverser est de garder foi en Dieu. Foi en la victoire de la vie sur les forces mortifères. Foi en la beauté de l'existence au sein même de la tragédie…

– Rabbi, je sais que tu es là dans la tourmente… Que tu souffres avec nous… Reste auprès de moi et auprès de mes frères, vois comme mon cœur t'abrite dans le chaos…

Ses compagnons s'accrochent à ces mots qui les relèvent. Marthe et Lazare entonnent la prière du Notre Père et chacun, donnant la main à son voisin, la récite à haute voix.

Une énorme vague submerge alors le navire. Sous le coup de cette lame de fond, la tête de Marie heurte violemment le chambranle. Assommée, elle s'évanouit tandis que l'embarcation semble inexorablement s'enfoncer dans les méandres des tréfonds marins…

V

De fines vaguelettes lèchent les pieds de Marie étendue sur le sable. Son corps, écorché et parsemé de bleus, repose inerte. Marie Salomé et Marie Jacobé, assises auprès d'elle, veulent croire qu'elle est endormie mais depuis qu'elles-mêmes ont repris connaissance après le violent échouage qui les a tous jetés sur ce littoral inconnu, elles tentent en vain de ranimer leur amie.

Autour d'elles, c'est le chaos. La tempête a sauvagement rabattu le bateau vers la côte qui a fini sa course empalé sur un rocher. Éventré, il gît à quelques encablures de la plage tandis que les restes de sa cargaison flottent, éparpillés sur les eaux désormais apaisées.

Par un miracle que personne ne s'explique, le capitaine, les matelots et l'ensemble de la troupe, malgré les bosses et les ecchymoses, sont sains et saufs, à l'exception du jeune marin noyé au début de la tempête. Hébétés et déboussolés, ils essaient de se relever. Seule Marie est inconsciente. À plusieurs reprises, les deux femmes se penchent sur son visage afin de vérifier qu'elle respire.

Son souffle calme les rassure un peu mais le profond sommeil dans lequel elle semble plongée les laisse perplexes.

Marthe, Lazare et Maximin les ont rejointes. Jadis, le frère de la jeune femme est revenu du pays des morts grâce à l'intercession de Jésus. D'instinct, il sait qu'elle n'a pas pénétré ce territoire de l'ombre. Il se souvient que c'est au bras de Marie qu'il était alors sorti du tombeau. Réciprocité symbolique, c'est à l'heure où, à son tour, il s'incline vers elle qu'elle ouvre enfin les yeux. Tous deux se mirent l'un dans l'autre, puis se sourient.

– Ma petite sœur, ma douce, tu nous a fait si peur…, lui dit-il en lui étreignant la main.

Sans un mot, elle se dresse sur son séant et regarde alentour. Elle voit l'épave, les amphores et les vivres contenus dans les cales flottant au gré des courants dans un enchevêtrement de morceaux de bois, vestiges du bateau disloqué. Aussitôt, son regard revient vers ses compagnons et l'équipage pour s'assurer que tout le monde est en vie. Le capitaine et les matelots sont regroupés un peu plus loin sur la plage. Quant à la troupe dont les membres font cercle autour d'elle, elle est au complet.

– Où sommes-nous ? demande-t-elle d'une voix altérée.

D'après les marins que Sidoine a pu interroger un peu après l'échouage, la fureur de la mer les aurait fait accoster en Gaule, vers le delta du Rhône, à l'embranchement où le fleuve se sépare en deux bras pour se jeter dans la Méditerranée.

Le soleil se couche. Demain, après s'être reposés et remis de leurs émotions, ils partiront à la conquête de ce territoire inconnu. Ils doivent d'abord reconstituer leurs forces. Plusieurs amphores intactes contenant du vin se sont échouées sur la grève ainsi qu'une caisse de salaisons siciliennes. Ces denrées leur permettront de se sustenter avant de se mettre en quête d'autres nourritures qu'ils glaneront dans cette nature foisonnante qui les entoure.

À l'aube, le groupe débute son exploration. Dans ce véritable éden où terre et mer battent d'une même pulsation, la végétation palpite sous leurs yeux émerveillés. Faune et flore s'épanouissent au sein de ce ventre originel, se partageant les zones marécageuses et les multiples étangs cerclés de vastes prairies. Sur cette frange limoneuse de la côte, combien de plantes endémiques jamais vues auparavant : salicornes, saladelles, lis des sables, lavande de mer, iris jaune, guimauve, euphorbes, roseaux… D'arbres inédits : peupliers blancs, frênes, aulnes, platanes, ormes, tamaris, genévriers… D'espèces animales : lézards, tortues, ragondins, sangliers, renards, rapaces et autres oiseaux, palmipèdes ou migrateurs, parmi lesquels les somptueux flamants roses reposant sur une jambe ou volant en escadrille dans le ciel transparent.

Marie observe cette nature à l'état brut, bouleversée par tant de beauté. L'attend ici une autre Terre promise. Rien n'est hasard. Si Dieu l'a fait aborder dans ce paysage bouillonnant, c'est pour qu'à travers elle l'humanité accède à une seconde naissance. Sur ce littoral fertile, jusqu'alors vierge du message christique, elle représente la passeuse céleste, figure de l'immanence, venue révéler le visage féminin du Seigneur et répandre le nectar de son amour. Le Père appelle la grande Mère universelle, Apôtre des apôtres, missionnée pour nourrir les hommes de Sa parole et recevoir la Vie qui vient de la Résurrection.

VI

Elle demeure quelque temps avec ses compagnons de voyage afin de transmettre d'ultimes consignes à ces fidèles de la première heure avant qu'ils aillent porter la lumière évangélique en terre païenne gallo-romaine. Vient le moment où leurs chemins se séparent. Marie Salomé et Marie Jacobé demeurent tout près de l'endroit où la mer les a déposées et s'établissent dans le village découvert par la troupe à quelques lieues de là. Marthe et Maximin remontent le Rhône dont les flots indomptables, débordant sur les forêts, ont créé de nombreuses îles formées par les dépôts d'alluvions. Tandis qu'elle élit domicile sur l'une d'elles, dans la ville de Tarascon, où elle s'emploiera sa vie durant à convertir les habitants à la foi chrétienne, Maximin continue sa route jusqu'à Aix-en-Provence.

Marseille, située à quatre jours de marche du lieu où ils ont débarqué, est considérée comme le grenier de Rome. C'est dans ce port que se concentre l'essentiel de l'activité économique de la région. La population de la ville y est dense. C'est donc dans ce centre stratégique que Marie et Lazare, rejoints par Sidoine, choisissent de s'installer.

Devant de petits groupes d'abord épars et peu enclins à l'écouter, la jeune femme déploie tout son talent pour en faire grossir les rangs. Afin de ferrer l'attention de son auditoire, elle s'attelle à frapper les esprits en relatant les trois années qu'elle a passées auprès de Jésus en Terre sainte et les exploits dont elle a été témoin. C'est notamment à travers les miracles fidèlement retranscris qu'elle entend délivrer le message christique.

Lorsque Sidoine se trouve à ses côtés, Marie ne manque jamais de raconter l'épisode où le Maître lui a rendu la vue afin que son compagnon atteste de ce prodige qui a changé sa vie.

Elle se remémore la rencontre entre Jésus et Sidoine. Souvenirs d'angoisse... La situation était de plus en plus tendue avec les maîtres de la Loi. Elle suppliait son bien-aimé de ne plus retourner au Temple. Combien de fois n'avait-t-elle pas tenté de le raisonner... Il prenait décidément beaucoup trop de risques. S'il avait pu échapper à l'arrestation à deux reprises, il n'aurait pas toujours cette chance. Elle l'implorait de quitter la ville sainte pour prêcher dans des contrées moins exposées mais lui s'obstinait à demeurer en terrain hostile.

Ce matin, face à la foule qui est venue l'écouter sur la grande place de Marseille, elle raconte une nouvelle fois cet événement si marquant.

– C'était shabbat, le jour où les Juifs n'ont pas le droit de travailler. Nous déambulions dans les rues de la cité avec notre Maître quand, soudain, nous sommes tombés sur un aveugle en train de mendier. « Rabbi, qui a péché pour qu'il soit ainsi aveugle ? Est-ce lui ou ses parents ? » a demandé l'un d'entre nous.

Marie interrompt son récit pour faire un aparté. Elle explique qu'aux yeux des Juifs, l'invalidité, la maladie, la souffrance en général sont les conséquences de péchés commis par la victime ou ses ascendants et précise que, plein de compassion, Jésus rejette ces préjugés qu'il sait pourtant bien ancrés dans la mentalité de ses contemporains. Il leur enseigne que le péché n'est en rien la cause de la cécité de cet homme mais qu'en revanche, son infirmité va permettre à l'œuvre de Dieu de se manifester à travers lui.

Cette parenthèse achevée, Marie reprend le fil de sa narration.

– Interloqués, nous l'avons vu cracher à terre et enduire les yeux de l'aveugle avec sa salive mélangée à un peu de boue. Puis, il lui a ordonné d'aller se laver à la piscine de Siloé.

Elle s'empresse de clarifier de nouveau un point : le nom même de Siloé signifie « l'envoyé », ce n'est donc pas une coïncidence fortuite puisque, justement, Jésus se revendique comme l'envoyé de Dieu. Nul doute qu'il entend ainsi faire passer un message, lui qui a pour habitude de poser des actes clés pour illustrer sa parole.

– Quel est ce message ? Pour le savoir, écoutez bien ce qui va suivre, dit-elle à l'assemblée avant de poursuivre. Lorsqu'une heure plus tard, l'aveugle revient du bassin de Siloé, nous découvrons qu'il est totalement guéri. Pour la première fois de sa vie, il voit ! Ses voisins, qui l'ont toujours connu aveugle, ne peuvent y croire mais l'homme leur relate ce qu'a fait pour lui un certain Jésus. Voilà qu'un attroupement se forme. Les pharisiens – Marie prend soin d'indiquer qui sont ces gens et le contexte religieux en Palestine – s'invitent aux discussions pour savoir ce que le mendiant pense de celui qui lui a fait recouvrer la vue. Selon lui, c'est un prophète. Les Juifs pieux arguent que Jésus n'est pas avec Dieu puisqu'il n'a pas respecté le repos du shabbat. Et, pour le discréditer encore davantage, ils tentent de remettre en cause le contenu même de ce qu'il a prétendument accompli. Ainsi, ils font appeler les parents du miraculé pour s'assurer, d'une part, que ce dernier est bien leur fils et, d'autre part, qu'il est vraiment né aveugle. Ils confirment ces deux points mais, de crainte de déplaire aux maîtres de la Loi qui menacent d'expulser tous ceux qui reconnaissent Jésus comme le Messie, ils se gardent de donner leur avis sur la guérison de leur fils. Tenaillés par la peur, ils disent que c'est à lui de prendre position.

La conteuse marque encore une petite pause pour s'assurer que la foule est concentrée mais, constatant que les gens l'écoutent avec une attention soutenue, elle ne tarde pas à leur livrer la suite.

– Les pharisiens se tournent alors une nouvelle fois vers le mendiant. Sa version ne diffère pas de ce qu'il a dit plus tôt. Il s'en tient aux faits sans se laisser entraîner sur le terrain de ses contradicteurs : parce qu'il l'a écouté et qu'il a fait ce qu'il a ordonné, Jésus lui a ouvert les yeux. Son désir de voir a été exaucé sans qu'il ait rien demandé. Mieux, il va plus loin en faisant véritablement acte de foi car il ajoute qu'en dépit de ce que pensent ses adversaires, son guérisseur vient bien de Dieu.

Les yeux mouillés d'émotion, Marie s'exclame :

– Admirez le courage de cet homme qui a pris le risque de l'exclusion sociale quand ses parents n'ont pas eu ce cran ! Cependant, cet aplomb n'ébranle pas les pharisiens. « Tu n'es que péché depuis ta naissance et tu veux nous faire la leçon ? » le tancent-ils. Leur sanction tombe : ils l'expulsent du quartier. Quelques heures plus tard, Jésus apprend la nouvelle et vient au-devant du miraculé qui erre dans la ville. Son magnifique témoignage l'émeut. « As-tu foi dans le Fils de l'Homme ? » lui demande-t-il.

À ce stade du récit, didactique, Marie rappelle à la foule le déroulé des faits afin que chacun comprenne bien ce qui se joue dans cet épisode.

– Mes frères, souvenez-vous, c'est Jésus qui a pris l'initiative de la rencontre avec l'aveugle. Il lui a tendu la main en lui rendant la vue. L'homme s'est abandonné à lui en confiance et sa foi a progressé au fur et à mesure des événements ainsi que de la façon dont ils ont été perçus par ceux qui l'entouraient. Après l'extraordinaire guérison qu'il vient de vivre, le miraculé est à la fois toujours lui-même et déjà devenu un autre : c'est un homme neuf, convaincu que Jésus est prophète et qu'il vient de Dieu. Néanmoins, il lui reste encore à faire le pas décisif de la foi dans le Fils de l'Homme. En se donnant ce titre, le Maître affirme haut et fort qu'il est bien l'envoyé de Dieu.

Elle observe l'assemblée qu'elle tient en haleine.

– Comprenez-vous à présent pourquoi la référence au nom de Siloé était loin d'être anodine ? les harangue-t-elle dans un sourire espiègle.

Puis, elle reprend son histoire.

– « Qui est-il, Seigneur, que je croie en lui ? » répond innocemment l'ancien aveugle pour qui le terme de « Fils de l'Homme » n'évoque rien. « Tu le vois, c'est lui qui te parle. » Aussitôt, le mendiant se prosterne devant lui et dit : « Je crois, Seigneur. »

Marie continue :

– Saisissez-vous le sens de ce qu'il vient de dire ? En le nommant « Seigneur », le miraculé reconnaît la divinité de son sauveur. Il sait qu'il est la vraie lumière !

Soudain, elle se tourne vers Sidoine qui est auprès d'elle et dont l'étrange visage intrigue les gens. Ses yeux ne sont pas alignés ; l'un des deux est beaucoup plus bas que l'autre et se trouve enfoncé dans son orbite. En outre, il est atteint d'un affreux strabisme. On ne peut que préjuger que sa vue en soit fortement altérée.

– Mes chers amis, cet homme aujourd'hui devant vous est l'aveugle-né à qui Jésus a permis de recouvrer la vue !

Oui, c'est bien lui, je peux en témoigner, moi qui étais là le jour du miracle.

Cette assertion soulève un tollé général.

– Vous en doutez ? Eh bien, mettons-le au défi de nous dire de quelle couleur est la tunique portée par cette femme à ma gauche, dit-elle en désignant du doigt cette dernière.

– En lin écru, répond aussitôt son compagnon.

Puis, il ajoute :

– Cette dame a les cheveux bruns, séparés en deux par une raie. Ils sont tenus par des épingles en métal et portés en chignon. Elle est maquillée : son visage est recouvert de céruse, ce qui lui donne un teint très pâle, ses lèvres sont peintes de vermillon et, sur ses paupières, elle a mis de la poudre de safran.

Des exclamations fusent tandis que la prêcheuse l'interroge de nouveau :

– Maintenant, décris-nous la tenue de la troisième personne en partant de la droite au quatrième rang.

– C'est un homme d'une vingtaine d'années. Il a une tunique longue ceinturée par une corde et des braies recouvrent ses jambes. Il porte une pèlerine grise à capuche et un bonnet d'où dépassent quelques mèches de cheveux.

L'assemblée s'extasie, sûre désormais que Marie a dit vrai.

Dès lors, elle répète les mots prononcés jadis par Jésus en cherchant à s'en faire l'écho le plus fidèle possible.

– Le Maître a dit : « Je suis venu dans le monde pour une remise en cause : ceux qui ne voient pas verront, et ceux qui voient seront aveugles. » Mais voilà que les pharisiens ricanent. « Serions-nous aveugles, nous aussi ? » Et Jésus de leur répondre : « Si vous étiez aveugles, vous n'auriez pas de péché. Mais vous dites que vous voyez, c'est la preuve de votre péché. » Avez-vous compris le sens de ces deux dernières phrases ?

Sans attendre, Marie conclut son exposé avec éloquence :

– Si l'aveugle est devenu voyant, les pharisiens, au contraire, sont restés plongés dans leurs ténèbres. Là est leur péché : refuser de voir la lumière de la vérité qu'incarne Jésus !

Heureuse d'avoir mené à terme sa démonstration, elle se retire sous les hourras de la foule conquise.

VII

Durant plusieurs années, les membres du groupe débarqué de Palestine posent ainsi les premiers jalons de la communauté chrétienne en terre provençale. Chacun raconte les hauts faits de Jésus. Au-delà du récit des prodiges, Marie recommande à ses compagnons de mettre en relief la signification profonde de ces événements et la Bonne Nouvelle dont ils témoignent. Lorsqu'elle prêche, aux dieux païens, elle oppose le Dieu intérieur qu'elle a découvert. Celui qui l'a libérée de ses propres enfermements et lui a fait connaître le bonheur d'être au monde. La fierté d'être femme. La loi de l'amour véritable.

Combien la parole christique s'était avérée nourricière pour elle… Oui, sans l'ombre d'un doute, Jésus était le pain de vie ! C'est le message qu'elle est venue porter.

À cette évocation, son esprit s'évade. Réminiscences d'un des prodiges les plus emblématiques de son ministère…

Plusieurs mois s'étaient écoulés depuis que son amie Jeanne avait rejoint Jésus et ses disciples. Son argent, mis au service des œuvres du Maître, avait fondu comme neige au soleil. Le succès qu'il rencontrait en Galilée était considérable. La troupe des fidèles s'était encore accrue. Leurs besoins aussi. Le patrimoine de la belle aristocrate s'était trouvé englouti en un éclair.

En cette fin d'après-midi printanière, peu avant la Pâque de l'an 3793[1], la foule et les disciples stationnaient sur la rive est du lac de Tibériade, au bas du coteau de Tel Hadar. Durant quelques heures, Marie avait retrouvé le charme des berges arborées où elle avait plaisir à se promener quand elle vivait à Magdala.

Jésus était monté sur la colline. De là, il surplombait l'assemblée qui le suivait depuis le matin pour assister aux guérisons miraculeuses et pouvait constater combien les gens étaient nombreux.

Il était tard et personne n'avait encore rien mangé de la journée. Préoccupé, il s'était tourné vers Philippe pour savoir comment nourrir tous ceux qui étaient là.

« Même avec deux cents pièces d'argent, le pain ne suffirait pas pour que chacun en ait un morceau », lui avait-il répondu, penaud. Et André d'ajouter, non sans un brin d'humour : « Il y a là un garçon avec cinq pains d'orge et deux poissons : nous voilà bien pour nourrir toute cette foule ! »

1. An 32 de notre ère.

Calme et sûr de lui, Jésus avait fait asseoir les gens puis s'était emparé des pains du jeune homme en rendant grâce avant de les distribuer ainsi que les poissons à la foule et aux disciples affamés. Miraculeusement, tous avaient reçu une ration. Jeanne, Marie et les disciples avaient assisté à ce prodige et profité eux aussi de cette abondance. Une fois que tous avaient été rassasiés, il leur avait ordonné de ramasser le surplus de nourriture pour que rien ne se perde et de le déposer dans douze paniers.

Douze paniers comme les douze disciples et les douze tribus d'Israël. La symbolique de l'injonction n'avait échappé à personne. Devant cette multiplication des pains qui rappelait la manne procurée aux Hébreux dans le désert, le peuple considérait Jésus comme le nouveau Moïse annoncé par le Deutéronome. À l'image du prophète affranchissant les Juifs de l'esclavage, il représentait celui qui venait les libérer de l'occupation romaine. Ils l'avaient porté en triomphe, sûrs d'avoir trouvé en lui le Messie politique et temporel qu'ils appelaient de leurs vœux.

Ovationné, Jésus n'avait pas voulu endosser un rôle qui n'était pas le sien. En outre, les sbires d'Hérode Antipas ne le quittaient pas d'une semelle depuis des mois. Dissimulés parmi les fidèles, ils pouvaient l'arrêter à tout moment. Pour échapper à la foule, il avait fui dans la montagne.

Mais, dès le lendemain, apprenant qu'il était dans la ville de Bethsaïde, les gens témoins du miracle qui s'était déroulé au bas de la colline avaient envoyé des messagers dans la campagne alentour pour qu'on amène les malades. Accablés par les épreuves et les tourments, chargés du lourd fardeau de leurs douloureuses existences, ils espéraient que le Maître allait mettre un terme aux peines qui les affligeaient. Comment leur en vouloir ? Leur vie était marquée par la peur, le conflit, le désespoir, la solitude, la maladie… Ils avaient faim d'autre chose. La veille, ceux qui avaient mangé le pain n'avaient pas compris qu'à travers ce prodige, Jésus souhaitait les rejoindre dans leurs angoisses pour les partager avec eux et les apaiser en les irradiant de la pleine lumière de Dieu. Cette parole de vie, délivrée par le bon pasteur qu'il incarnait, dont la mission était de rassembler, d'instruire et nourrir son peuple, était seule à même de les rassasier. À la multiplication des pains, le Maître attendait qu'ils répondent par l'ouverture de leur cœur au Très-Haut.

Il avait décidé de revenir sur la symbolique de son geste qu'aucun n'avait su lire à sa juste valeur et s'était dirigé vers la synagogue pour la leur enseigner. Marie a gardé intacts en mémoire les mots qu'il avait solennellement prononcés : « En vérité, en vérité, je vous le dis : vous me cherchez non parce que vous avez vu à travers les signes, mais parce que vous avez eu du pain et que vous avez bien mangé. Travaillez, non pas pour la nourriture qui disparaît, mais pour la nourriture qui demeure et qui devient vie éternelle. C'est le Fils de l'Homme qui vous la donnera : c'est lui que Dieu le Père a marqué de son sceau. »

Elle se souvient que les auditeurs, circonspects, avaient continué de s'interroger sur le sens de ses paroles. Jésus les avait entendus murmurer et avait tenté de couper court à leurs protestations. De nouveau, Marie se repasse les mots qu'il avait dits : « Vos pères ont mangé la manne dans le désert, mais ils sont morts. Je suis le pain vivant. Si vous ne mangez pas la chair du Fils de l'Homme et si vous ne buvez pas son sang, vous n'avez pas la vie en vous. De même que je vis par le Père, car le Père qui m'a envoyé est vivant, de la même façon celui qui me mange vivra éternellement et je le ressusciterai au dernier jour. »

Il avait bien senti qu'il ne parvenait pas à convaincre les gens. Son langage, pris au premier degré, s'avérait terriblement osé. Inacceptable. Il les scandalisait. Que pouvait-il ajouter pour qu'ils comprennent ? Ce n'était pourtant pas faute d'avoir été clair. Manger n'est-il pas le signe qu'on est vivant ? Le pain n'est-il pas le symbole d'une nourriture essentielle ? Seule la foi était capable de répondre à leur faim, c'est cela qu'il s'échinait à leur expliquer. Ils devaient délaisser les réalités matérielles et se tourner vers Dieu, qui l'avait envoyé pour leur ouvrir les portes du Royaume. Croire au Fils, se repaître de son message, c'était vivre de la grande vie éternelle à laquelle le Père les appelait.

Marie se revoit, suspendue à ses lèvres, dans le coin de la synagogue réservée aux femmes. Elle était l'une des rares à comprendre la profondeur de son propos.

Plusieurs personnes avaient quitté l'auditoire, bientôt suivies par tous les autres. Seul devant les Douze,

Jésus avait pris acte de son échec. « N'allez-vous pas partir vous aussi ? » avait-il lancé à ses compagnons, dépité. Simon-Pierre l'avait rassuré au nom du groupe : « Seigneur, à qui irions-nous ? Tu as les paroles de la vie éternelle, et nous, nous croyons et nous savons que tu es le Saint de Dieu. »

Au moins les disciples avaient-ils saisi son enseignement. Un peu réconfortée, Marie s'était félicitée de leur volonté réaffirmée de demeurer à ses côtés.

Aujourd'hui, loin de Palestine, elle a acquis la confiance qui lui permet de s'exprimer. À l'époque, elle n'avait pas eu le courage d'affronter le scepticisme de la foule. Elle aurait voulu voler à son secours pour l'aider à transmettre son message. Dire à tous qu'il était bien le Messie. Leur rappeler les signes et les miracles. Et aussi, leur raconter combien sa vie avait changé depuis qu'elle le connaissait. L'œuvre qu'il avait accomplie en elle. L'incommensurable amour qu'elle lui portait et qui, chaque jour, se déployait davantage pour rayonner autour d'elle. Las, les femmes n'avaient le droit ni de parler ni d'être vues par les hommes en ce lieu sacré. Impuissante, elle avait été contrainte d'assister sans broncher à la déroute de celui qu'elle vénérait.

Depuis son arrivée en Gaule, elle rattrape le temps perdu. Charismatique et enflammée, elle ne manque pas de relater cet épisode et d'interpeller ses contemporains :

– Mes frères, voici ce que Jésus disait : « Celui qui a soif, qu'il vienne à moi ! Qu'il boive, celui qui croit en moi ! L'Écriture l'a dit : Des fleuves d'eau vive jailliront de son cœur. » Lui seul est la source à laquelle vous devez vous abreuver pour connaître le vrai Dieu !

Chaque jour, Marie relate ce qu'elle a vu et vécu à ses côtés, partage le pain, administre les sacrements et baptise dans l'eau tous ceux qu'elle rallie à la grande cause qu'elle annonce en lieu et place de celui qui l'a autrefois enseignée. Si son camp de base se situe à Marseille, comme jadis son bien-aimé, elle voyage de ville en ville pour prêter main-forte aux membres éparpillés de la communauté.

Une dizaine d'années se sont écoulées depuis son arrivée en Gaule. Elle constate avec satisfaction que le mouvement a pris une ampleur sans pareille. À leur tour, les nouveaux convertis vont porter la parole christique. Elle peut compter sur eux pour la pérenniser et l'étendre au-delà de cette région d'ancrage provençale.

À présent, sa mission est accomplie, on n'a plus besoin d'elle sur le terrain. Elle peut enfin se retirer pour se consacrer entièrement au Seigneur, ce à quoi son cœur aspire depuis son départ de Terre sainte.

VIII

En cette après-midi d'été, après avoir fait ses adieux à ses proches compagnons, elle part. Où va-t-elle ? Qu'importe. Elle laisse ses pas la conduire vers le lieu de sa retraite, confiante en son instinct au diapason de la volonté divine.

Le soleil tombe dru, elle choisit de suivre le cours de l'Huveaune pour bénéficier de la fraîcheur des berges ombragées de l'étroit fleuve côtier et pouvoir s'y abreuver. L'eau l'a accompagnée tout au long de son parcours. Celle des larmes versées aux pieds de Jésus, baptême singulier, symbole de sa purification et de sa renaissance, celle de la mer qui l'a menée jusqu'en Provence. Aucune vie ne saurait en être privée. Elle réfléchit. L'eau l'emporte sur les autres éléments. Domine tout. Elle éteint le feu, humidifie l'air. Souple et agile, elle contourne les obstacles, s'infiltre dans la terre, s'insinue sous la roche qu'elle creuse en cachette pour jaillir plus loin, plus fort, plus haut par la grâce d'une anfractuosité opportune.

Marie est pleine d'allégresse. Seule au milieu de la nature alanguie sous la touffeur ambiante, elle ne marche pas, elle danse au chant strident des cigales, heureuse de vivre, d'exister, d'aimer l'Éternel à travers Sa création. Tout son corps vibre de la grandeur et de la splendeur qui miroitent autour d'elle.

Juive, elle l'est, ô combien, dans la relation qui l'unit à Jésus. À l'image de son peuple qui vit dans un rapport d'épousailles avec YHWH, elle se sent la fiancée du Christ, conjugalité consacrée et exclusive dont découle son renoncement à l'amour humain depuis le jour où elle l'a rencontré. Éprise du Fils incarné et ressuscité, c'est à travers lui, l'intercesseur adoré, qu'elle s'incline aujourd'hui par l'Esprit devant le Père. Si haut qu'elle soit parvenue sur son chemin d'élévation, il lui reste encore un pas à franchir pour en atteindre l'acmé. Elle perçoit, en effet, que le cercle trinitaire – Père, Fils, Esprit – ouvre à l'Unité fondamentale, Lumière née de la lumière. La parole christique a été répandue auprès des hommes. Elle est détachée de toute contingence. Il est l'heure pour elle de se retirer du monde et, grâce à cet ermitage au sein de la nature, d'atteindre ce stade ultime de l'union avec la transcendance universelle.

Elle passe quelques semaines sur les bords de l'Huveaune avant de gagner le massif de la Sainte-Baume. Lorsqu'elle arrive au pied de cette haute montagne, qui barre l'horizon d'est en ouest sur une trentaine de kilomètres et culmine à près de mille deux cents mètres, elle a une conviction : c'est là qu'elle doit s'installer pour le reste de ses jours. Tout en haut, la ligne de crête sépare la montagne en deux versants, l'adret et l'ubac. Elle veut grimper au sommet pour se rapprocher symboliquement de Dieu.

Elle pénètre dans l'épaisse forêt qui se déploie au flanc de la falaise. Après la chênaie blanche, elle entre au cœur de la hêtraie qu'illumine l'or des bosquets de coronilles arbustives. Même en plein été, les arbres sont si étroitement serrés qu'ils forment une protection sans égale contre l'ardeur du soleil. Une magie et une poésie émanent de la pénombre feutrée, matrice primordiale accueillant une faune et une flore d'une variété stupéfiante. En ces lieux sauvages, propices à la rêverie et la méditation, Marie se sent aussitôt chez elle.

Elle découvre la présence de nombreuses rivières, dont certaines, souterraines, parcourent le massif et creusent parfois de profonds abîmes dans la roche. Elle s'assoit au bord de l'une d'elles. Dans son lit, elle soulève plusieurs pierres où se cachent des écrevisses qu'elle fera griller pour son repas du soir, agrémentées des champignons cueillis sur le chemin. Silencieuse, elle admire les colonies de lathrées écailleuses, ces grappes de fleurs blanches qui tapissent les berges. Un peu plus loin, ses yeux s'attardent sur les tulipes et roses sauvages, terrain de jeu où batifole une myriade de papillons.

Sa gourde en peau de chèvre remplie à ras bord, elle reprend l'ascension. Sur les pentes grandioses du massif, elle n'est pas seule. Au sol, des lézards ocellés à la robe vert tendre tachetée de bleu s'amusent dans l'herbe des talus. Craintifs, crapauds et reinettes bondissent à son approche tandis qu'une couleuvre esculape, alertée par la vibration de ses pas, traverse en un éclair pour trouver refuge dans une crevasse.

Au fur et à mesure de la montée, la forêt se fait plus clairsemée. Bientôt apparaît la crête pelée. Ici, pas d'autre végétation que quelques brins d'herbe fouettés par les vents qui poussent entre la rocaille. Face au sublime panorama sur la vallée, les montagnes alentour, la mer et la chaîne alpine dans le lointain, Marie a le souffle coupé. La récompense est à la mesure de l'effort qu'il lui a fallu pour se rendre si haut. Longtemps, elle admire le paysage, en communion avec la magnificence qui s'en dégage. Réprimant un léger vertige, elle s'aventure sur le sentier qui sépare les deux versants du massif. Quelle différence entre la face nord, entièrement recouverte par la forêt, et la face sud, pur désert de pierre… À l'à-pic, une famille de chamois s'ébattent sous l'œil scrutateur des rapaces perchés au sommet des pitons rocheux. Dans le ciel, le plus grand et le plus puissant d'entre eux, l'aigle de Bonelli, dessine des cercles concentriques à l'affût d'une proie.

Il est tard, le soleil commence à décliner, elle décide de revenir en lisière de la forêt et de suivre le flanc de la falaise où elle espère trouver un refuge pour la nuit. Elle aperçoit une grande cavité creusée par l'érosion. Elle y pénètre avec un peu d'appréhension. Lentement, ses yeux s'accoutument à la pénombre et elle se rassérène. La grotte est vaste et large. Il y règne un air tiède qui rend le lieu hospitalier. Au fond de la caverne, elle entend un clapotis et découvre, enchantée, qu'une source ruisselle le long de la paroi. L'eau a creusé dans la pierre un bassin de rétention.

Cet endroit est celui dont elle rêvait. Elle y sera à l'abri des intempéries, pourra s'abreuver et faire du feu pour cuire sa nourriture. Demain, elle s'aménagera une couche avec du feuillage et des herbes séchées, confort minimal mais suffisant. Elle n'aspire qu'à la solitude et au silence.

Rompue par sa journée de marche, elle s'assoit dans un coin, adossée à la roche et s'imprègne de l'énergie tellurique. Recueillie, tendue vers le Très-Haut, elle se sent enveloppée de l'immense douceur céleste. Un éclair la saisit. Vertige et effroi : dans ce face-à-face inouï, elle voit pour la première fois la fulgurante clarté porteuse de l'étreinte divine. Son âme est parcourue d'une flamme, si vive et ardente, si grandiose, qu'elle enfièvre bientôt tout son être. De ce feu qui brûle en elle, jaillissent mille lances incandescentes. Délicieuse douleur de cet amour indicible la transperçant de part en part. Abandonnée, elle se laisse dévorer par l'incendie qui la consume et célèbre l'alliance avec la Lumière sacrée. À travers ce courant de bonté pure circulant dans sa chair et son cœur, elle goûte le Dieu vivant dont elle franchit dès ici-bas les portes de la gloire. Soudain, c'est comme si l'âme se séparait du corps et, dans un élan irrépressible, s'envolait dans les cieux. Éperdue, en extase, jubilant d'une joie parfaite, elle contemple le Joyaux à l'œuvre en elle, splendeur avec laquelle elle fusionne pour s'unir à cet Infini qui la dépasse et s'y fondre totalement.

Depuis lors et jusqu'au jour de l'ultime retour à la Source des choses, elle prie, retirée au sein de la forêt et ses mystères, perfection minérale, végétale et animale à l'image de Dieu. Dans l'intimité et le secret de l'âme, Marie embrasse l'amour universel dont la fécondité illimitée transcende l'instant en éternité.

Postface

Je souhaiterais dire quelques mots sur la démarche qui a présidé à cet ouvrage.

Le personnage de Marie-Madeleine m'a toujours fascinée et bouleversée. Son parcours qui va de la terre vers le ciel, de la sensualité à la spiritualité, me touche au plus profond. Elle symbolise pour moi la Femme avec un grand F, dans ses errances existentielles mais aussi, les dépassant, dans sa spectaculaire capacité d'accueil à plus Grand que soi au cœur de soi.

Bien que les historiens ne s'accordent pas tous sur cette thèse, la tradition la plus ancienne de l'Église, relayée depuis des siècles par la piété populaire, voit dans les trois figures féminines évangéliques que sont la pécheresse pardonnée de Luc, la sœur de Marthe et de Lazare, et la courtisane de Magdala, une seule et même femme : Marie-Madeleine.

N'étant pas historienne, il ne m'appartient pas d'entrer dans ce débat scientifique. Romancière, j'ai pris le parti de suivre l'interprétation théologique traditionnelle[1] parce qu'elle me semble tout à la fois plausible et la plus à même de mettre en évidence le fabuleux parcours d'élévation emprunté par celle que j'ai choisie pour héroïne.

Pour construire mon récit, j'ai veillé à rester au plus près de ce que relatent les Évangiles et me suis librement inspirée de la légende provençale qui entoure sa personne. En outre, j'ai scrupuleusement respecté le contexte historique de l'époque. Pour autant, cet ouvrage est bien un roman car, au-delà de la parole biblique, Marie-Madeleine représente un archétype dont je me suis emparée pour la donner à voir par mes yeux de femme et d'auteure.

À travers ces trois figures qui n'en font qu'une, les Écritures mettent en exergue l'éternel féminin et sa merveilleuse fertilité spirituelle. Intemporel et universel, le personnage de Marie-Madeleine parle à chacune et à chacun, quelles que soient sa culture, sa croyance ou sa confession. Rebelle, elle refuse le schéma patriarcal que les Juifs pieux de son temps lui tendent en modèle, pensant pouvoir s'en affranchir en devenant courtisane. Hélas, le jeu de séduction dans lequel elle se croit toute-puissante se révèle un autre enfermement : celui de la prison de l'ego et du regard des hommes aux désirs

1. Voir à ce titre deux articles scientifiques des pères André Feuillet (1975) et Renaud Silly (2017) sur l'identité de la Madeleine des Évangiles disponibles sur la page Internet suivante : www.mariemadeleine.fr ; et aussi le sanctuaire de la Sainte-Baume : www.saintebaume.org.

desquels elle se soumet pour mieux leur plaire… Ce n'est qu'en découvrant, grâce à Jésus, la véritable dimension du mot *amour* et sa puissance de guérison qu'elle parviendra à se décentrer d'elle-même et à se réconcilier avec une féminité libérée, resplendissante et épanouie. Oserais-je dire que je la considère comme une authentique féministe ? Que sa trajectoire dessine un parcours de libération intérieure aussi inspiré qu'inspirant pour notre modernité ? Qu'elle est la nouvelle Ève, féminin sacré auquel le monde religieux comme séculier devrait apprendre à s'ouvrir plus largement pour accueillir la douceur et la tendresse de Dieu ? Le roman de Marie-Madeleine, mon roman, entend se faire l'écho de cette voix féminine lumineuse guidant l'humanité vers les sommets de l'amour universel.

Remerciements

Je remercie François Maillot de m'avoir offert le thème de ce roman dont l'idée première lui revient.

Je lui suis très reconnaissante de ce cadeau tant j'ai eu de bonheur à l'écrire, tout entière nimbée de la somptueuse aura de Marie-Madeleine.

Merci à lui, ainsi qu'à Alexandre Maujean et à Aurélie Delafon pour leur relecture bienveillante et attentive.

Je souhaiterais également rendre hommage au père Michel Teheux, accompagnateur hors pair d'un pèlerinage mémorable en Terre sainte effectué en octobre 2019. Son enthousiasme et sa verve, ses explications historiques et théologiques, l'étendue de sa culture m'ont infiniment enrichie et inspirée.

Un grand merci au frère Patrick-Marie Bozo, o.p, prieur du couvent de la Sainte-Baume, au frère Dominique Barré et à Marie Demoulin pour leur accueil, leur gentillesse et leur chaleureuse hospitalité.

Table

De la même auteure (suite)

Un cœur universel. Regards croisés sur Etty Hillesum, dir., Salvator, 2013.

Livres secrets, ouvr. coll., Le Castor Astral, 2014.

Conseils de séduction à l'usage des hommes de mauvaise volonté, Éditions du Rocher, 2015.

Flannery O'Connor, Dieu et les gallinacés, Éditions du Cerf, 2016.

À toi, ma fille, Éditions du Cerf, 2017.

Vivre libre avec Etty Hillesum, Tallandier, 2018, prix humaniste Louis-Marin.

Réalisation : Nord Compo à Villeneuve-d'Ascq
Achevé d'imprimer par Corlet
14110 Condé-en-Normandie
Numéro d'imprimeur : 21050658
Dépôt légal : août 2021
ISBN : 979-10-210-4144-8
Numéro d'édition : 4626
Impression en France